ヘミングウェイ短篇集

西崎憲 編訳

筑摩書房

ヘミングウェイ短篇集　目次

ヘミングウェイ短篇集

清潔で明るい場所

時刻はもう遅く、カフェの客たちはすでに姿を消していた。残っているのは電灯の光が葉群《はむら》に遮られた場所にいる老人だけだった。昼のあいだ通りは埃っぽかった。しかし夜になると露のせいで埃は地表におとなしく留まった。老人は遅い時間にそこにすわっているのを好んだ。耳が聴こえなかったが夜は静かで、その差は老人にも分るからだった。カフェのなかにいるふたりのウエイターは老人が少し酔っぱらっていることを知っていた。そして老人が上客である一方、飲み過ぎると金を払うのを忘れて帰ってしまうことも知っていた。だからふたりは老人から目を離さなかった。

「先週、あの人は自殺しようとしたらしい」一方のウエイターが言った。

「何でだ」

「絶望したんだ」

「何に？」

「何かにってわけじゃない」

「何かに絶望したんじゃないってどうして分かるんだ」

「あの人は金を持ってる」

ふたりは同じテーブルを囲んですわっていた。テーブルは壁にぴったりと寄せられ、すぐ横はカフェの入り口で、そこからはテラスがよく見渡せた。テラスのテーブルに客の姿は見えず、ただ老人が木の葉の作る影のなかにすわっているだけだった。葉はいま風を受けて静かに揺れていた。とても若い女と兵隊が道を通った。襟についた真鍮の数字に街灯の光が当たり一瞬輝きが放たれた。女は何もかぶっていなかった。兵隊の横を早足で歩いていた。

「あいつは憲兵に捕まるな」一方のウエイターが言った。

「欲しいものを手に入れたんだから、捕まったって気にすることはないだろう」

「あいつはこの通りからすぐに離れたほうがいい。憲兵に捕まる。五分前に通ったから」

葉陰にすわる老人がグラスで皿を叩いた。若いほうのウエイターが老人のテーブルに向かった。

「何だい」

老人はウエイターを見あげて言った。「ブランデーをもう一杯」

「酔っぱらっちまうぞ」老人はウエイターの顔をじっと見た。ウエイターは店のなかに戻った。

「一晩中いすわるつもりだ」かれは同僚に言った。「おれは眠い。最近は三時過ぎでないとベッドに入れない。あいつは先週自殺するべきだったんだ」

若いウエイターはカウンターに入り、ブランデーの瓶と皿を掴んで、ふたたび老人のテーブルに向かった。そして皿を置き、グラスを載せ、縁までブランデーを注いだ。

「あんたは先週自殺すべきだった」かれは耳の聴こえない老人にそう言った。老人が指を動かした。「もう少し」老人は言った。ウエイターが注ぎ足すと、ブランデーは縁から溢れ、グラスの脚を滑りおち、一番上の皿に溜まっていった。「ありがとう」老人は言った。ウエイターは引き返し、瓶を元の場所に置いた。かれは同僚のいるテーブルに戻った。

「あいつ、酔っぱらった」かれは言った。

「毎晩酔っぱらってる」

「何で自殺しようと思ったんだろう」

「おれには分からない」

「どんなふうにやったんだろう」

「ロープで首を吊った」

「誰がロープを切って助けたんだ」

「なぜ助けたんだろう」

「あの人の魂のためだ」

「どのくらい金を持ってるんだ」

「たくさん持ってる」

「八十歳にはなってるな」

「まあ八十歳にはなっているだろうな」

「おれはあいつに家に帰って欲しい。三時前にベッドに入れないんだ。そんなの寝る時間と言えるか」

「あの人はあそこにいつづける。そうしているのが好きだから」

「あいつは寂しいんだ。おれは寂しくない。おれにはベッドで待ってる女房がいる」

「前はあの人にも連れあいがいた」

「いま女房がいたからましってことはないだろう」

「おまえは分かってない。連れあいがいたらずいぶん助けになるかもしれない」

「姪があいつの面倒を見ている。あんたはさっきロープを切って下ろしたのが姪だと言った」

「言ったな」

「姪だよ」

「あんなじじいにはなりたくない。年寄りってのは汚いもんだ」

「みんながそうだというわけじゃない。あの人は汚くない。こぼさないで飲む。酔っぱらっている時でさえ。見てみろ」

「見たくない。家に帰って欲しい。あいつは働かなきゃいけない人間のことは何も考えてない」

老人はグラス越しに広場を見ていた。それからウエイターたちに視線を向けた。

「もう一杯」グラスを指さしながら老人は言った。帰宅を急ぐウエイターが老人のテーブルに向かった。

「おしまい」かれは言った。無分別な人々が酔っぱらいや外国人たちにたいして使うような、構文法を無視した言い方だった。

「今日はなし。おしまい」

「もう一杯」老人は言った。

「だめだ、終わり」ウエイターはテーブルの縁を布巾《ダスター》で拭きながら言った。

老人は立ちあがってゆっくりと皿を数え、ポケットから革の硬貨入れを取りだして飲んだ分を払った。チップを半ペセタ置いた。

ウエイターは老人が通りを去って行くのを黙って眺めていた。老人はとても歳をとっていたし、足許が覚束なかった。しかしどこか毅然としたところがあった。

「何であそこでそのまま飲ませてやらなかったんだ」急いでいないほうのウエイターが尋ねた。ふたりは鎧戸を閉めていた。「まだ二時半にもなってない」

「おれは帰って寝たいんだ」

「一時間くらい何だって言うんだ」

「あいつの一時間よりおれの一時間のほうが重要だ」

「一時間には変わりはない」

「自分が年寄りのようなことを言うんだな。あいつは酒を買って帰ればいい。家で飲める」

「ここで飲むのとは違う」

女房持ちのウエイターは同意した。かれは不公正であろうとしているわけではなかった。ただ急いでいるだけだった。

「おまえはどうなんだ。おまえはいつもより早く家に帰ることがこわくないのか」

「おれを侮辱しようってつもりか」

「いや、同輩《オンブレ》、ただの冗談だ」

「こわくない」急いでいるウエイターは屈んでシャッターを押しさげていたが、立ちあがる時に言った。「確信がある。おれは確信だらけだ」

「おまえには若さと確信と仕事がある」年嵩のウエイターが言った。「おまえは何でも持ってる」

「あんたには何が欠けてるって言うんだ」

「仕事以外の全部だ」

「あんたはおれが持ってるものを全部持ってる」

「いや、おれは確信を持ったことはないし、若くもない」

「いいかげん、ばかなことを言うのはやめて、鍵を掛けてくれ」

「おれは夜遅くまでカフェにいたいほうの人間なんだ」年長のウエイターが言った。「ベッドに入りたくない奴はみんなおれと同じ人間だ。夜に照明が欲しいと思う人間もそうだ」

「おれは家に帰ってベッドに入りたい」

「二種類の人間がいて、おれたちは種類が違う」年長のほうが言った。かれは家に戻るために着替えていた。「若さと確信の問題じゃない。そういうのはずいぶんいいもんだが。おれは毎晩時間がきて店を閉めるのがいやだ。カフェを必要とする人間がいるかもしれないから」

「なあ、酒場《オンブレ》は一日中開いてる」

「分かってないな。ここは清潔で感じがいいカフェだ。照明も申しぶんない。照明が素晴しい上にいまは葉陰もある」

「おやすみ」若いほうのウエイターが言った。

「おやすみ」もう一方も答えた。かれは電灯を消しながら自分と対話をつづけた。もちろん照明が必要だ。しかし清潔であることも、感じがいいことも必要だ。おれは音楽は欲しくない。たしかに音楽は欲しくない。この時間に開いているのはバーだけだがバーの重々しいカウンターの前に立つことには耐えられない。おれは何を恐れているのだろう。いや、恐れているのでも怯えているのでもない。無を知りすぎているのだ。すべては無で人間もまた無だった。ただそれだけの話だし、それに照明がとても必要なのだ。それから清潔さと秩序が。ある者はそのなかで生きられる。けど気づくことはない。しかしおれは知っている。すべては無《ナダ》でありナダとナダゆえにそしてナダゆえに《ナダ・イ・ポエス・ナダ・イ・ナダ・イ・ポエス・ナダ》。ナダにましますナダよ、ナダこそ御身の名にして御身のナダなる王国、御身はナダにあるがごとくナダにましませり。我らに日々のナダを与えたまえ、我らを我らのナダにしたまえ。我らが我らのナダをナダにするがごとく。しかして我らをナダにしたもうなかれ。ただナダより救いたまえ。ナダゆえに《ポエス・ナダ》。無に満ちた無を褒め称えよ。無は御身とともにある。銀色に光る高圧蒸気式のコーヒーマシンがあるカウンターの前にかれは笑みを浮かべて立った。

「注文は」バーテンダーが尋ねた。

「無《ナダ》」

「頭のおかしいのがまたひとりきやがった《オートロ・ロコ・マス》」バーテンダーはそう言って、背中を向けた。

「シェリーを小さいのでくれ」ウエイターは言った。

　バーテンダーは注いだ。

「照明はすごく明るくて感じがいいな。けどカウンターが汚れている」ウエイターは言った。

　バーテンダーはかれを見た。しかし何も言わなかった。もう会話には向かない時間だった。

「もういっぱい小さいの《コピタ》で要るか」バーテンダーが尋ねた。

「いや、いらない」ウエイターはそう言い、バーを出た。かれはバーや酒屋が嫌いだった。清潔で照明の明るいカフェはそういうものとはまったく違っていた。しかし、それ以上思いを巡らすことはせずに、かれは自分の部屋に帰るはずだった。かれはベッドに横たわるだろう。そして結局、日が昇る頃に眠りにつくだろう。つまるところ、とかれは自分に向かって言った。たぶんただの不眠症なのだ。近頃では大勢の者がそれにかかっている。

白い象のような山並み

エブロ川の向こうに位置する白い山並みは川の流れに沿ってどこまでもつづいていた。流れのこちら側には木もなく、日陰もなく、ただ二組の線路のあいだで駅舎が陽を浴びているだけだった。駅舎の片側には熱い影がぴたりと寄り添い、軽食堂の開けっ放しの戸口には竹の輪を編んで作った蝿よけのカーテンが垂れさがっていた。アメリカ人と連れの若い女は駅舎の影に作られたテーブル席にすわっていた。ひどく暑く、バルセロナからの急行は、四十分後に着く予定だった。急行はこの連絡駅に二分間停車し、それからマドリードに向かうはずだった。

「何を飲めばいいの？」女は言った。彼女はいま帽子をかぶっていなかった。テーブルの上に置いていた。

「とんでもなく暑いな」男が言った。

「ビールを飲みましょう」

「ビールをふたつ《ドス・セルベサス》」男は竹のカーテンの奥に向かって声を張りあげた。

「大きいのをふたつ？」戸口に現れた女が尋ねた。

「そうだ、大きいのをふたつ」

女はビールのグラスをふたつと、フェルトのグラス敷きを持ってきた。そしてテーブルの上にグラス敷きを置き、ビールのグラスを乗せ、男と連れの女を見た。若い女は山並みを眺めていた。山並みは陽光のなかで白く、平野は乾いて、褐色だった。

「白い象が並んでいるように見える」彼女は言った。

「象は見たことがないな」男はビールを飲んだ。

「そうね。あなたは見たことがないでしょうね」

「だったら、見たことがあるかもしれない。ぼくが象を見たことがないってきみが言ったとしても、それで何かが確実になるわけじゃない」

女は竹のカーテンを見た。「何か書いてあるみたい。何て書いてあるの？」

「雄牛のアニス《アニス・デル・トロ》、飲み物だ」

「飲んでみない？」

男は竹のカーテンの奥に「注文を頼む」と声を掛けた。食堂から女が出てきた。

「四レアールです」

「雄牛のアニス《アニス・デル・トロ》はふたつだ」

「水で割りますか」

「水で割ったほうがいいか？」

「分からないわ」連れの女が言った。「水で割るといいの？」

「とてもいい」

「ふたつとも水で割りますか」女が尋ねた。

「ああ、そうしてくれ」

「甘草《リコリス》のような味がする」若い女はそう言って、グラスを置いた。

「みんなそうなんだ」

「そうね」女は言った。「みんなリコリスの味がする。とくにあなたがずっと待っているものは全部。苦艾酒《アブサン》みたいに」

「ああ、そんな言い方は止めろよ」

「あなたがはじめたのよ」女が言った。「わたしは楽しんでたわ。わたしは気分よく過ごしてた」

「そうだ、気分よく過ごすようにしよう」

「分かってる。わたしはそうしようとしてたのよ。山が白い象の群れのように見えるってさっき言ったわよね。気がきいた言い方だと思わない」

「気がきいた言い方だ」

「わたしはこの新しい飲み物を試してみたかった。わたしたちにできるのはそれしかないもの。そうでしょ――目の前にあるものを見て、新しい飲み物を試してみるだけ」

「まあ、そうだな」

少女のような女は山並みに視線をやった。

「きれいな山。あれはほんとうは白い象のようには見えない。木のあいだから見える表面の色のことを言っただけなの」

「べつのを飲むか」

「いいわね」

竹のカーテンが生温かい風に揺れ、裾が泳ぎ、テーブルの端に触れた。

「ビールは素晴らしいし、よく冷えてる」男が言った。

「きれい」若い女は言った。

「ほんとにめっぽう簡単な手術なんだ、ジグ、実際、手術なんて言えないようなものなんだ」

女は地面に視線を落とした。地面を踏みしめるテーブルの脚が見えた。

「きみがいやな思いをしないのは確実なんだ、ジグ。ほんとに何でもないことだ。ただ空気を入れるだけだ」

女は何も言わなかった。

「ぼくも一緒に行くし、ずっと待ってる。空気をなかに入れるだけだ。それでまるっきり元通りだ」

「それでそのあと、わたしたちは何をするの？」

「そのあとぼくたちは元気になる。前にそうだったように」

「そう思う根拠は何なの？」

「これがぼくたちを悩ませる唯一のことだからだ。これがぼくたちを不幸な気持ちにさせる唯一の悩みだ」

若い女は竹の輪をつないだカーテンを見た。手を伸ばし、そのうちの二筋を摑んだ。

「それで、そうしたらわたしたちはいい状態になって、幸せになれると思うのね」

「そうなることを知ってるんだ。こわがっちゃいけない。たくさんの人がやってきたことをぼくは知ってる」

「わたしもたくさん知ってる」女は言った。「で、その後、みんなとても幸福になったわ」

「どっちにしろ、もしやりたくないんだったら、やるべきじゃない。ぼくは無理強いするつもりはない。もしきみが望まないんだったら。けど、それがまるっきり単純だってことは知ってる」

「それで、あなたはほんとうに望んでるの？」

「ぼくはそれが最良の方法だと思ってる。けど、ぼくはきみにやってほしくない。もし気が進まないんだったら」

「とにかく、わたしがそうしたらあなたは幸福になって、物事は前とおんなじになって、あなたはわたしを愛するようになるんでしょ？」

「いまも愛している。ぼくが愛していることは知ってるはずだ」

「知ってるわ。でも、わたしがやれば、それでまた楽しくなって、もし何かが白い象の群れのように見えるってわたしが言ったら、あなたはそれを好きになってくれるんでしょう？」

「ぼくはすごく好きだ。ぼくはいまでもすごく好きだ。ただ、それについて考えられないんだ。気にかかることがある時、ぼくがどうなるかは知ってるだろう？」

「もしわたしがすませたら、あなたはもう心配しなくなる？」

「そうなると思う。まるっきり単純なことなんだから」

「じゃ、やるわ。わたしは自分のことはどうでもいいから」

「それはどういう意味だ」

「わたしは自分のことはどうでもいいの」

「ぼくはきみのことはどうでもよくないんだ」

「ああ、そうね。でもわたしはどうでもいいの。だからやるわ。それで何もかもうまくいくわね」

「そんなふうに感じているんだったら、きみにさせたくない」

女は立ちあがってそのまま前に進み、駅舎の端に立った。エブロ川の向こうには穀物畑があり、両岸に沿って木が並んでいた。遠く、川のずっと向こうに、山並みが見えた。雲の影が穀物畑を横切り、彼女は木々の隙間から覗く川の流れに目をやった。

「そう、わたしたちはこれをみんな手に入れられたはずなのに。全部手に入れられたはずなのに、毎日毎日それを不可能にさせていく」

「何だって？」

「わたしたちは全部手に入れられたはずなのに、って言ったの」

「全部手に入れられる」

「いいえ、できないわ」

「ぼくたちは世界にあるものは何だって手に入れることができる」

「いいえ、わたしたちにはできない」

「ぼくたちはどこへでも行ける」

「いいえ、行けない。もう、わたしたちのものじゃないの」

「ぼくたちのだ」

「違うわ。それに一度持っていかれてしまうと、あなたはけっして取り戻せない」

「でも、持っていかれてない」

「わたしたちは待つことになる、そして知ることになる」

「日陰に戻ろう」かれは言った。「きみはそんなふうに考えるべきじゃない」

「どんなふうにも考えてないのよ」女は言った。「ただそうだってことを知ってるだけ」

「きみが望まないことは何であろうと、して欲しくない——」

「そしてわたしにとってよくないこともね」彼女は言った。「分かってるわ。ビールをもう一杯飲まない？」

「いいな。けど、きみは理解しなくちゃいけない——」

「理解はしてる」女は言った。「話すのを止めたほうがいいと思わない？」

ふたりはテーブルを前にしてすわり、女は渓谷の乾燥した側にある山並みに目をやり、男のほうは自分の連れを見て、それからテーブルを見た。

「きみは理解しないといけない。きみが望まないなら、ぼくはやってほしくない。もしきみにとって価値があるものだったら、ぼくはこのことに関してはまるっきりきみの言う通りにするつもりだ」

「あなたにとっても価値があるものじゃないの？　わたしたちはうまくやれるかも」

「もちろん、価値がある。でも、ぼくはきみ以外の誰も欲しくない。ほかには要らない。そしてぼくはまるっきり単純なことだって知ってる」

「そうね、あなたはまるっきり単純だってことを知ってるわ」

「きみがそう言うのはとてもいいことだ。ぼくはほんとに知ってるんだから」

「いまわたしのために何かをしてくれる気持ちはある？」

「きみのためだったら何でもするさ」

「じゃ、お願いだから、お願いだから、お願いだから、お願いだから、お願いだから、口を閉じてくれない？」

かれは何も言わなかった。ただ駅舎の壁際に置いた鞄に目をやった。鞄にはふたりが夜を過ごしてきたすべてのホテルのラベルが貼ってあった。

「でも、ぼくはやって欲しくないんだ」男は言った。「ぼくはそれについてはまったく心配していない」

「叫んでいい？」

カーテンを掻きわけて、食堂の女がビールのグラスをふたつ持って現れ、湿ったフェルトのグラス敷きの上に載せた。「列車は五分後にきます」彼女は言った。

「この人は何て言ったの？」

「あと五分で列車がくるそうだ」

若い女は明るい笑みを浮かべて、食堂の女に感謝の意を表した。

「駅の反対側に鞄を運んでおいたほうがいいだろう」男は言った。彼女は笑みを浮かべた。

「よし、戻ってきたらビールを片付けよう」

ふたつの重い鞄を男は持ちあげ、駅舎を回って、もう一組の線路に面した側に運んだ。線路の先を眺めてみたが、列車はまだ見えなかった。戻る時、食堂を通った。なかでは列車を待つ人たちが思い思いの飲み物を手にしていた。かれはバーでアニス酒を一杯飲み、そこにいる人々を眺めた。みんな淡々と列車を待っていた。男は竹のカーテンをくぐって外に出た。若い連れはテーブルの前にいて、かれに向かって微笑んだ。

「気分はよくなったか」

「いい気分。すっきりしてるわ。いい気分」

殺し屋

　ヘンリーの店のドアが開き、ふたりの男が入ってきた。ふたりはカウンターにすわった。

「何にします？」ジョージが尋ねた。

「さあな」ひとりが言った。「おまえは何が食いたいんだ、アル？」

「さあな」アルと呼ばれた男が答えた。「何が食いたいか分からねえ」

　外は暗くなりはじめていた。窓の外の街灯が灯った。カウンターにすわったふたりはメニューを眺めた。カウンターの一方の端にすわっていたニック・アダムズはふたりのようすを窺った。ふたりが入ってきた時、ニックはジョージと話していたのだった。

「ローストポーク、テンダーロイン、アップルソース掛けってのと、マッシュポテトをくれ」最初に口を開いた男が言った。

「それはまだできないんだ」

「じゃあ、いったい何でメニューに載せてるんだ」

「ディナーなんだ」ジョージが説明した。「六時から出せる」

ジョージはカウンターの壁に掛かった時計に目をやった。

「いまは五時だ」

「五時二十分を指してるじゃねえか」二人目の男が言った。

「二十分進んでるんだ」

「ふざけた時計だ」最初の男が言った。「いったい何だったらできるんだ」

「サンドイッチは何でもできる」ジョージは言った。「ハムエッグにベーコンエッグ、レヴァーベーコン、ステーキだったらだいじょうぶだ」

「チキンコロッケのグリーンピース添え、クリームソース掛けってやつと、マッシュポテトをくれ」

「それはディナーだ」

「おれたちが食いたいのはみんなディナーなのかよ、ええ？　それがおまえの仕事のやり方なのか？」

「ハムエッグとベーコンエッグとレヴァー——」

「ハムエッグをくれ」アルと呼ばれた男が言った。かれは山高帽《ダービーハット》をかぶり、黒いオーヴァーコートを着て、胸のボタンを留めていた。アルの顔は白く小さく、口元は引き締まっていた。絹のマフラーと手袋をつけていた。

「ベーコンエッグをくれ」もうひとりも言った。そちらもアルと同じくらいの背丈だった。ふたりの顔は似ていなかった。けれど、双子のように同じ服装をしていた。両方とも小さすぎるオーヴァーコートを着ていた。ふたりは身を乗りだし、カウンターに肘をついていた。

「飲むものはあるのか？」アルが言った。

「シルヴァービール、ビーヴォ、ジンジャーエール」ジョージが言った。

「おれはまともな飲みものがあるかって訊いたんだよ」

「言ったものだけだよ」

「まったく大した町だな」もうひとりが言った。「ここは何ていうところなんだ？」

「サミット」

「聞いたことあるか？」アルは連れに尋ねた。

「いいや」連れは答えた。

「ここじゃ夜は何をするんだ？」

「ディナーを食うんだよ」連れが言った。「みんなここへくるんだ。それですげえディナーを食うんだ」

「あたってる」ジョージが言った。

「へええ、あたってるっておまえは思うのか」アルがジョージに尋ねた。

「ああ」

「おまえはずいぶん頭がいいんだな。そうだろう?」

「ああ」とジョージは言った。

「いやいや、おまえは違うな」もう一方の小柄な男が言った。「こいつは頭がいいか、アル?」

「こいつはあほうだ」とアルは言った。それからニックに目をやった。「おまえの名前は?」

「アダムズ」

「もうひとりの気がきいた兄さんだ」アルが言った。「こいつもなかなか頭がいいと思わないか、マックス?」

「この町は頭のいい兄さんでいっぱいだ」マックスが言った。

ジョージがカウンターに二枚の皿、ハムエッグとベーコンエッグの皿を置いた。そして付けあわせのフライドポテトの皿を横に置き、カウンターと調理場をつなぐ小さい窓を閉めた。

「あんたはどっちだっけ?」ジョージはアルに尋ねた。

「忘れたのか」

「ハムエッグか」

「たしかに冴えた兄さんだ」マックスが言った。かれは身を乗りだし、ハムエッグの皿を取った。ふたりとも手袋をしたまま食べた。ジョージはふたりが食べるのを見ていた。

「おまえ、何を見てるんだ？」マックスがジョージに言った。

「何も」

「いや、見てたさ、おまえはおれを見てた」

「たぶん兄さんは冗談のつもりだったんだよ、マックス」アルが言った。

ジョージが声を出して笑った。

「おまえは笑っちゃだめだ」マックスが言った。「おまえはちっとでも笑っちゃだめなんだ。分かるか？」

「分かった」ジョージは言った。

「分かったつもりらしい」マックスはアルに言った。「分かったつもりだ、こいつは。なかなかいいやつだ」

「ああ、こいつは知恵があるやつだよ」アルは言った。ふたりは食べつづけた。

「カウンターの端っこの利口そうな兄さんは何て名前なんだ？」アルがマックスに尋ねた。

「よう、冴えた兄さん」マックスはニックに話しかけた。「おまえ、カウンターのなかに入って、お友達と一緒に並ぶんだ」

「何だい？　どういうつもりなんだ」ニックは尋ねた。

「どういうつもりでもないな」

「なかに入ったほうがいいぞ、兄さん」アルが言った。ニックはカウンターの内側に回った。

「何をするつもりなんだ？」ジョージが尋ねた。

「おまえらに関係ないことだよ」アルが言った。「調理場には誰がいる？」

「黒人さ」

「黒人が何してるんだ」

「料理を作ってるんだよ」

「こっちへくるように言うんだ」

「何をするつもりだ？」

「こっちへくるように言うんだ」

「あんたら、自分がいったいどこにいると思ってるんだ？」

「自分のいるところはよく知ってる」マックスと呼ばれた男は言った。「おれたちが間抜けに見えるか？」

「間抜けな喋り方はしてるぞ」アルが言った。「一体全体、この若いのと言い争いして、どうしようってんだ。いいか」かれはジョージを見た。「黒いのにこっちに出てくるように言うんだ」

「あいつに何をするつもりなんだ」

「何もしない。頭を使えよ、兄さん。黒いのひとりにおれたちが何をするっていうんだ」

　ジョージは調理場につながる小さい窓を開けた。「サム」かれは声をかけた。「ちょっとこっちへきてくれ」

　調理場のドアが開いて黒人が出てきた。「どうしたんだ？」黒人は尋ねた。カウンターのふたりが値踏みするような視線を向けた。

「ようし、黒いの、そこにじっと立ってるんだ」アルが言った。

　黒人のサムはエプロン姿のまま、そこに立ち、カウンターの男たちを見た。「はい、だんな」サムは言った。アルがスツールから下りた。

「おれは黒いのと兄さんと三人で調理場に入る」アルは言った。「調理場に戻れ、黒いの。兄さん、おまえもこいつと行くんだ」小柄なアルはニックとコックのサムの後から調理場に入った。三人の姿が調理場に消え、ドアが閉まった。マックスと呼ばれる男はジョージと向かい合わせになってカウンターにすわっていた。マックスはジョージを見ていなかった。ただカウンターの奥の壁に嵌めこまれた横長の鏡を見ていた。ヘンリーの店は酒場からカウンターの軽食堂に改装したのだった。

「さて、兄さん」鏡を見ながらマックスが言った。「何で黙ってるんだ？」

「いったいこれはどういうことなんだ？」

「よう、アル」マックスが叫んだ。「賢い兄さんが何でこうなってるか知りたいってさ」

「どうして話してやらないんだ」アルの声が調理場から聞こえた。

「何でこうなってるか、想像くらいしてるだろう？」

「分からない」

「想像してるだろ？」

マックスは喋っているあいだずっと鏡を見ていた。

「言いたくない」

「よう、アル、兄さんはどうしてこうなってるか言いたくないらしい」

「ちゃんと聞こえる。だいじょうぶだ」アルが調理場から答えた。アルは皿が調理場に戻された後、トマトケチャップの瓶を小窓に挟んで閉まらないようにしていた。

「いいか、兄さん」アルが調理場からジョージに言った。「カウンターから少し離れて立て。マックス、おまえはちょっと左に寄ってくれ」アルはまるで集合写真を撮る写真家のようにふたりの位置に注文をつけた。

「何か話せよ、兄さん」マックスは言った。「何が起こってると思う？」

ジョージは何も言わなかった。

「じゃあ教えてやろう。おれたちはあるスウェーデン人を殺すんだ。オール・アンダーソンっていうスウェーデン人を知ってるな?」

「ああ」

「そいつは毎晩ここに食事をしにやってくる。そうじゃないか?」

「時々くる」

「おれたちは何もかも知ってるんだ、兄さん」マックスが言った。「何か話をしろ。映画は観るか?」

「たまに」

「もっと観たほうがいいな。映画ってのはいいもんだ。おまえみたいに利口な兄さんのためになる」

「あんたたちは何のためにオール・アンダーソンを殺すんだ?　あの人があんたらに何かしたのか?」

「いや、やつがおれたちに何かするような機会なんてなかったよ。おれたちを見かけたことさえないだろう」

「たった一回だけ見ることになるな」アルが調理場から言った。

「じゃ、何のためにあんたたちはオール・アンダーソンを殺すんだ」ジョージが尋ねた。

「おれたちは友達のために殺すんだよ。ただ頼みをきいてやるだけだ、兄さん」

「黙るんだ」アルが調理場から言った。「おまえはいいかげん喋りすぎてる」

「何だよ、おれは兄さんを楽しませようとしてるだけだ、そうだろ、兄さん」

「おまえは喋りすぎてる」アルは言った。「黒いのとこっちの兄さんは自分たちでうまくやってる。女子修道院のお友達みたいに縛りあげといた」

「あんたは修道院にいたって気がするんだがな」

「おまえには分かりっこない」

「あんたはユダヤの修道院にいたんだ。そうに違いない」

ジョージが時計を見た。

「もし誰か入ってきたらコックがいないって言うんだ。それでも引きさがらなかったら、自分が調理場に入って、料理を作るんだ。分かったか、兄さん」

「分かった」ジョージが言った。「後でおれたちをどうするつもりだ」

「そいつはいまに分かる。その時がこないと分からないってやつだよ」

ジョージは時計を見あげた。六時十五分だった。店のドアが開いた。路面電車の運転手が入ってきた。

「やあ、ジョージ、晩飯は食えるか?」

「サムがいないんだ。三十分くらいで戻ってくるんだが」

「じゃ、もう少し歩くか」運転手は言った。ジョージは時計を見あげた。六時を二十分過ぎていた。

「うまいぞ、兄さん。まったく一人前の男そのものだ」

「おれに頭を吹っ飛ばされるって知ってるからな」アルが調理場から言った。

「いや。そういうことじゃない。兄さんは大したもんだ。こいつはまったく大した兄さんだ。おれは気に入ったよ」

　六時四十五分にジョージが言った。「こないな」

　ふたりの客がやってきた。ひとりは持ち帰りたいということだったので、ジョージはハムと卵のサンドイッチを作るために一度調理場に入った。調理場にはアルがいた。山高帽《ダービーハット》を少し後ろに傾けてかぶり、小窓の前のスツールに腰掛け、棚に銃身を短く切った散弾銃を置いていた。ニックとサムは背中合わせにされて隅に転がされ、タオルで猿ぐつわを噛まされていた。ジョージはサンドイッチを作って、油紙に包み、袋に入れ、カウンターに戻った。男は金を払って出て行った。

「賢い兄さんは何でもできる」マックスは言った。「料理もできるし、何でもできる。おまえはどっかの女のいい奥さんになれるな」

「そうかい」ジョージは言った。「あんたの友達のオール・アンダーソンはこないな」

「あと十分、待ってやるよ」マックスは言った。

マックスは鏡に目をやり、それから時計を見た。時計の針は七時を指していた。そしてさらに五分が過ぎた。

「出てこいよ、アル」マックスが言った。「ここは引き払ったほうがよさそうだ。やつはこない」

「もう五分くれてやろう」調理場からアルが言った。

五分経った時、男が入ってきた。ジョージはコックが病気だと説明した。

「いったい何でべつのコックを連れてこないんだ」男は言った。「あんたは食堂をやってるんじゃないのか」男は出て行った。

「出てこいよ、アル」マックスが言った。

「ふたりの兄さんと黒いのはどうするんだ?」

「こいつらは問題ない」

「そう思うか?」

「ああ、こいつらはもういい」

「気にいらないな」アルが言った。「いい加減なやりかただ。おまえは喋りすぎてる」

「どうってことない。おれたちは楽しんだじゃないか、そうだろう?」

「けどな、おまえはやはり喋りすぎてる」アルが言った。アルは調理場から出てきていた。散弾銃の切りつめた銃身がぴったりしすぎたコートの腰のあたりにかすかなふくらみを作っていた。かれは手袋をはめた手でコートを整えた。

「じゃあな、兄さん」ジョージは言った。「おまえはえらく運がよかった」

「ほんとうだ」マックスが言った。「競馬をやったほうがいいぞ、おまえ」

ふたりはドアから出て行った。ジョージは窓越しにふたりのようすを窺った。アーク灯の下を通り、通りを横切っていく。ぴったりとしたオーヴァーコートと山高帽《ダービーハット》を身につけたふたりはヴォードヴィルのコンビに見えた。ジョージは自在ドアを押し開けて調理場に入り、ニックとサムの縛め《いまし》を解いた。

「もうたくさんだ」コックのサムが言った。「こんなのはもうたくさんだ」

ニックは立ちあがった。口をタオルで縛られた経験はいままでなかった。

「何だよ。いったいどうなってんだ」ニックは虚勢を張って動転した状態から立ち直ろうとしていた。

「あいつらはオール・アンダーソンを殺すつもりだ」ジョージは言った。「あいつらはオールが食事にきた時、撃つつもりだった」

「オール・アンダーソン？」

「そうだ」

コックのサムは両方の親指で口の両端を撫でていた。

「ふたりともいなくなった？」サムは尋ねた。

「ああ」ジョージは言った。「もういなくなった」

「こういうのは面白くない。こういうのはちっとも面白くない」

「なあ」ジョージがニックに言った。「オールのところに行ったほうがいいんじゃないか」

「うん」

「何にもしないほうがいい」サムが言った。「ほっといたほうがいい」

「行きたくなかったら行かなくていい」

「かかわりあってもしょうがない」サムは言った。「ほっといたほうがいい」

「行ってくる」ニックはジョージに言った。「どこに住んでるんだ?」

サムが背中を向けた。

「子供ってのはいつもしたいようにする」

「ハーシュの下宿屋に住んでる」

「行ってくる」

外に出ると、葉の落ちた枝のあいだからアーク灯の光が降ってきた。ニックは路面電車の軌道に沿った道を進み、つぎのアーク灯のあたりで横道に入った。横にそれてから三軒目がハーシュの下宿屋だった。ニックは二段の階段を上がってベルを押した。女が戸口に現れた。

「オール・アンダーソンという人が住んでませんか」

「会いたいの？」

「はい、もしいるなら」

「いるわよ」

ニックは女の後について階段を二階まで上り、廊下を奥まで進んだ。彼女はドアをノックした。

「誰だ」

「あなたに会いたいという人が見えてるのよ、アンダーソンさん」女はそう言った。

「ニック・アダムズといいます」

「どうぞ」

ニックはドアを開けて、部屋に入った。オール・アンダーソンは服を着たままベッドに寝ていた。かれはヘヴィー級のプロボクサーで、体がベッドに収まりきっていなかった。ふたつの枕の上に頭を乗せていた。かれはニックを見なかった。

「用は何だ？」オール・アンダーソンが言った。

「ぼくはヘンリーの店にいました。するとふたりの男が入ってきて、ぼくとコックを縛ったんです。それでそのふたりはあなたを殺すと言いました」

口に出すと何だか間が抜けたことを言っているような気がした。オール・アンダーソンは何も言わなかった。

「そいつらはぼくたちを調理場に閉じこめました」ニックはつづけた。「あなたが夕食を食べにきたら撃つつもりだったんです」

オール・アンダーソンは壁を見つめるだけで、何も言わなかった。

「あなたの部屋に行ったほうがいい、このことを教えたほうがいいって、ジョージが言いました」

「その件でおれにできることは何もない」オール・アンダーソンが言った。

「そのふたりがどんなふうだったか教えられます」

「どんなふうな連中だったかってのも知りたくない」オール・アンダーソンは言った。かれは壁を見ていた。「知らせにきてくれてありがとうよ」

「それは何でもないです」

ニックはベッドの上に横たわる大きな男を眺めた。

「警察に行ったほうがいいですか？」

「いや」オール・アンダーソンは言った。「警察に話しても何かましになるってわけじゃない」

「ぼくにできることはないですか？」

「いや、できることは何もない」

「たぶんあれはただのはったりです」

「いや、はったりじゃない」

オール・アンダーソンは壁のほうに向かって寝返りを打った。

「これだけが問題なんだよ」壁に向かってかれは言った。「外に出る決心がつかないんだ。おれは一日中ここにいるんだ」

「この町を出られないんですか」

「ああ」オール・アンダーソンは言った。「あちこち逃げまわることにはもううんざりなんだ」

かれは壁を見つめた。

「いまできることは何もない」

「どうにか話をつけることはできないんですか」

「できない。どうしようもないんだ」かれは同じ調子でずっと喋った。「できることは何もない。少し経ったら外に出る決心がつくだろう」

「戻ってジョージに話したほうがいいようです」ニックが言った。

「じゃあな」オール・アンダーソンは言った。かれはニックのほうを見なかった。「きてくれてありがとうよ」

ニックは部屋を出た。ドアを閉める時、服を着たままベッドに横たわり、壁をみつめるオール・アンダーソンの姿が見えた。

「あの人は一日中部屋にいるのよ」下で家主が言った。「具合が悪いんじゃないかしら。わたしは言ったのよ。『アンダーソンさん、外に出て散歩したほうがいいですよ、素敵な秋の日ですからね』って。でもそんなふうには感じなかったみたい」

「あの人は外に出たくないんです」

「アンダーソンさんの具合が悪くて残念だわ」女は言った。「あの人はとっても素敵な人だもの。リングの上で戦ってたのよ。知ってるでしょう?」

「知ってます」

「顔がああいうふうじゃなかったら、そんなこと考えもしないでしょうね」女は言った。

ふたりは玄関のドアのすぐ内側に立って話をしていた。

「あの人は育ちのいい人よ」

「ええ、じゃ、お休みなさい、ハーシュさん」ニックが言った。

「わたしはハーシュじゃないの。ここの持ち主がハーシュさん。わたしは彼女に頼まれてただここを見てるだけ。わたしはベルっていうのよ」

「なるほど、おやすみなさい、ベルさん」

「おやすみなさい」

ニックは暗い道をアーク灯の光に照らされた角まで歩いた。それから軌道沿いにヘンリーの食堂まで歩いた。ジョージは店にいた。カウンターのなかにいた。

「オールに会ったか？」

「ああ」ニックは言った。「あの人は自分の部屋に閉じこもって外に出るつもりがなかった」

コックがニックの声を聞いて調理場のドアを開けた。

「おれは何も聞かないからな」そう言ってドアを閉めた。

「さっきのことを言ったのか」ジョージは尋ねた。

「うん、言ったけどあの人はどういうことになってるか全部知ってた」

「どうするつもりだって？」

「どうもしないらしい」

「あのふたりはオールを殺すだろう」

「ぼくもそう思う」

「オールはシカゴでまずいことに巻きこまれたに違いない」

「そうだと思う」

「とんでもないことだ」

「恐ろしいよ」

ふたりは何も言わなかった。ジョージは布巾を手に取って、カウンターを拭いた。

「いったい何をしたんだろう」ニックが言った。

「誰かを裏切ったんだろうな。それであいつらが殺そうとしてるんだ」

「ぼくはこの町を出ようかと思う」

「ああ」ジョージは言った。「それは悪くないな」

「ぼくはあの人のことを考えることに耐えられない。あの部屋でずっと待ってることとか、自分がどうなるか知ってることとか。あんまり恐ろしすぎる」

「ああ、考えないほうがいい」

贈り物のカナリア

列車はとてつもない速度で疾走し、線路に沿って長く延びた赤い石の邸を通りすぎた。厚く葉の茂った四本の椰子が並ぶ邸の庭を、その葉陰に並んだテーブルの横を通りすぎた。反対側は海だった。それから切通しに入ると、両側に見えるのは赤い土や石が主になり、海は時折ぽつりぽつりと見えるだけになった。海は遥か下の荒磯に打ち寄せていた。

「パレルモで買ったの」アメリカからきた婦人はそう言った。「わたしたち、島には一時間しかいられなかったの。日曜の朝だった。あの男の人はドルで払ってもらいたがっていたので、わたしは一ドル半あげたわ。とてもきれいに歌うのよ」

列車のなかはとても暑かったし、明るい客間のようなコンパートメントのなかもとても暑かった。窓は開いていたが、風は少しも入ってこなかった。アメリカの婦人はブラインドを引きさげ、それでぽつりぽつりと見えていた海も目に入ることはなくなった。反対側はガラスを嵌めこんだ仕切りで、その先には通路があり、それから開いた車窓があった。窓の向こうには埃をかぶった木々と、アスファルトの道路と、平らな葡萄畑の連なりがあり、さらにその先には灰色の石に覆われた丘陵が見えた。

高い煙突がいくつも立ち並び、そこから煙が流れだしていた――マルセイユに近づいていたのだ。列車は速度をゆるめ、ほかの線路をいくつも横切ってつづく線路の上を駅まで進んだ。

列車はマルセイユ駅で二十五分間停車し、アメリカの婦人はデイリーメール紙とエヴィアン水の小瓶を買った。彼女はプラットホームを少しぶらぶらしてみた。けれど客室の昇降段からはあまり離れなかった。列車はカンヌで十二分停まったのだが、発車のベルなしで出発し、彼女はぎりぎりのところで間に合った。アメリカの婦人は少しばかり耳が遠く、たぶん発車のベルは鳴ったのではないか、自分がそれを聴かなかったのではないかと考えたのだ。

列車はマルセイユ駅を出た。操車場と工場の煙が見えたが、見えるのはそれだけでなく、振りかえるとマルセイユの街並みや、石の丘を後ろにしたがえた港、それから水平線を染める入り日の残照が見えた。暗くなりはじめた頃、平野を走る列車は燃える農家のかたわらを通りすぎた。道端に車が何台か停まっていて、農家から持ちだされたものが野原に散らばっていた。たくさんの人間が燃える家を眺めていた。完全に暗くなり、列車はアヴィニヨンに着いた。人が乗り、人が降りた。パリに帰るフランス人たちは、売店でその日の新聞を買った。プラットホームには黒人の兵士たちがいた。茶色い軍服を着て、背が高く、電灯のすぐ下にいたのでどの顔も光っていた。兵士たちの顔はとても黒く、あまりに背が高いせいでじっくり見ることができなかった。列車はそこに立つ黒人たちを残してアヴィニヨン駅を出発した。小柄な白人の軍曹がひとり混じっていた。

明るいサロンのようなコンパートメントでは、ボーイがすでに壁から三つの寝台を引きだし、眠る用意を整えてくれていた。アメリカの婦人は夜のあいだずっと眠らず、ただ横になっているだけだった。なぜなら列車は特急列車だったので、ものすごく速く、それほどの速さで夜の只中を走っていることが、彼女には恐ろしく思えたのだ。アメリカの婦人の寝台は窓側にあった。パレルモからきたカナリアの籠、布を掛けられたそれは、風を避けるためコンパートメントの洗面室につづく通路に置かれていた。コンパートメントの外には青い電灯があった。そして列車は夜通しとてつもない速さで走り、アメリカの婦人は目覚めたまま横になり、破滅を待ちつづけた。

朝になると、パリはもう近く、洗面室から出てきたアメリカの婦人は眠らなかったにもかかわらず、中年の健康なアメリカ人そのものに見えた。彼女は鳥籠の布を取りのけ、陽のあたる場所にぶらさげ、それから、朝食をとるために後方の食堂車に向かった。明るいサロンのようなコンパートメントに彼女がふたたび戻ってきた時、寝台は壁に戻され、座席ができていた。カナリアは開けた窓から入ってくる太陽の光のなかで羽根を震わせていた。そして列車はますますパリに近づいていた。

「太陽が好きなのよ」アメリカの婦人は言った。「すぐに歌いだすでしょう」

カナリアは羽根を震わせた後、嘴で羽根を梳いた。「わたしはいつも鳥が好きだったわ」アメリカの婦人は言った。「娘のために家に持って帰るつもりなの。ほら——歌いだした」

カナリアは囀った。喉の羽が立っていた。それからカナリアは嘴を下に向け、ふたたび羽根を梳きはじめた。列車は川を渡り、入念に手入れのされた森を抜けた。列車はパリ郊外の多くの街を抜けて走った。郊外の街には路面電車が走っていて、線路沿いの建物の壁にはベル・ジャルディニエールや、デュボネや、ペルノーなどの大きな看板が見えた。列車が通りすぎるものすべてがまだ朝食を迎えていないようだった。ぼくは数分ばかりアメリカの婦人の声に注意を払っていなかったのだが、彼女はいま妻に話しかけていた。

「旦那さまもアメリカのかたなの？」婦人は尋ねた。

「そうです」妻は言った。「ふたりともアメリカ人です」

「ふたりともイギリス人だと思ってたわ」

「あら、違います」

「たぶん、そう思ったのはわたしがズボン吊り《ブレース》をつけているからでしょうね」ぼくは言った。ぼくはサスペンダーと言いかけて、口のなかでそう言い直した。自分のイギリス的性格を保つために。アメリカの婦人は聞いていなかった。実際、彼女は耳がまったく聞こえなかった。彼女は唇を読んだ。ぼくは彼女のほうに顔を向けていなかった。窓の外を眺めていたのだ。婦人は妻と会話をつづけた。

「あなたがたがアメリカ人で嬉しいわ。アメリカの男の人は夫としては最高よ」アメリカの婦人はそう言っていた。「わたしたちがヨーロッパを離れた理由はそれだったの。まったくそうなのよ。わたしの娘はスイスのヴヴェーで男の人に恋をしたの」そう言って彼女は少し間を置いた。「ふたりは頭がおかしくなったみたいに恋してた」彼女はまた間を置いた。

「もちろん、わたしは娘を連れ戻したわ」

「お嬢さんは納得されたんですか」妻は尋ねた。

「納得はしてないでしょうね」アメリカの婦人は言った。「娘は何も食べなかったし、全然眠らなかった。わたしはものすごく努力しているのだけど、あの子は何にたいしても関心を起こさないようで。何にも興味を持たないのよ。娘を外国人と結婚させるなんてことはできなかったわ」彼女は少し黙った。「以前ある人が、ものすごくいい友達がわたしに言ったわ。外国人はアメリカの娘の夫にはふさわしくないって」

「そうですね」妻は言った。「そう思います」

アメリカの婦人は妻の旅行用コートを褒めた。やがて彼女が二十年のあいだ、ずっとサントノレ通りの服　飾　店《メゾン・ド・クチユール》で服を買っていることが分かった。その店は彼女のサイズを把握していて、彼女自身についても、それに好みについても詳しい女店員が彼女のためにドレスを選び、アメリカまで送ってくれるのだった。ドレスはニューヨークの山の手の彼女の家にほど近い郵便局まで送られてきた。そして税金は決して法外な額にはならなかった。なぜなら査定するために郵便局で荷が開けられても、どのドレスも見かけはとても簡素で、高価な品だということをほのめかす金のレースや装飾などはなかったからだ。テレーズという名前のその女店員の前には、アメリという名のべつの店員がいた。二十年でふたりだけだった。デザイナーはいつも同じだった。けれど、価格は上がっていた。為替相場がしかしその差を補ってくれた。服飾店はいまでは娘のサイズも知っていた。娘はもう成長していて今後サイズが変わる可能性はあまりなかった。

列車はいまパリに近づいていた。郊外の堡塁は取り壊されていたが、草はまだ生えていなかった。線路の上には多くの車両が停まっていた——木製の茶色い食堂車、木製の茶色い寝台車、五時運行が以前と変わっていなければ、それらは夜の五時にイタリアに向かうはずだった。車両にはパリ－ローマという表示が見えた。そして屋根の上に座席がある車両は、すべての席に乗客を乗せ、屋根にも乗せて、決められた時刻に郊外と市内を往復する列車だった。もし以前と事情が変わらなかったならば。過ぎていくのは白い壁であり、多くの家の窓だった。何もかもがまだ朝食前だった。

「アメリカ人はいい結婚相手になるわ」アメリカの婦人は妻に向かってそう言った。ぼくは鞄を下ろしていた。「世界中を探しても結婚の相手はアメリカの男の人しかいないわ」

「ヴヴェーを離れたのはどのくらい前ですか」妻が尋ねた。

「二年前で、季節はやっぱり秋だったわね。分かるでしょ、娘のためなのよ、カナリアを持っているのは」

「お嬢さんが好きになった人というのはスイス人だったんですか」

「そう」婦人は言った。「あの人はヴヴェーのとてもいい家の生まれだったわ。技師になるつもりだったみたい。ふたりはヴヴェーで会ったの。よく長い時間一緒に散歩してた」

「ヴヴェーは知っています」妻が言った。「新婚旅行で行きました」

「あら、そうなの？　あそこはいつ行ってもきれいでしょうね。もちろん、そんなことは考えもしなかったのよ。娘があの人を好きになるだなんて」

「とてもきれいなところでした」妻が言った。

「ええ」アメリカの婦人が言った。「素晴らしくきれいだと思わない？　どこに泊まったの？」

「トロワ・クロンヌに泊まりました」

「とても由緒があって素敵なホテルね」

「そうですね。わたしたちはとても素晴らしい部屋に泊まって、秋のあの地方はほんとにきれいでした」

「秋に行ったのね？」

「ええ」妻が言った。

ぼくたちは事故で壊れた三台の車両の横を通りすぎるところだった。車体は裂け、天井は垂れさがっていた。

「見なよ」ぼくは言った。「事故に遭った列車だ」

アメリカの婦人は顔を振り向け、最後の車両を見た。「わたしはちょうどあんなふうなことを夜じゅうこわがってたの。時々不吉な予感を覚えることがあって。夜に特急で旅行をするのは止めるつもりよ。あんなに速く走らなくて、もっと快適な列車がほかにあるはずでしょうから」

それから列車はリヨン駅の駅舎の暗がりのなかに滑りこんだ。そして停車し、赤帽たちが窓にやってきた。ぼくは窓越しに鞄を渡した。それからぼくたちは長く薄暗いプラットホームに降りた。アメリカの婦人はクック旅行者の三人の派遣員のひとりに自分の身をゆだねた。クック社の男は言った。「ちょっとお待ち下さい、奥さま、お名前を探します」

赤帽が手押し車を持ってきて、鞄を載せた。妻がアメリカの婦人にさよならを言い、ぼくもさよならを言った。クック社の男はタイプで打った紙束のなかのタイプで打った一枚のなかに首尾よく彼女の名前を見つけた。かれはポケットにそれをしまった。ぼくたちは手押し車を押す赤帽の後につき、列車を横に見ながら長いプラットホームを歩いた。最後に改札があり、そこで駅員が切符を回収した。

ぼくたちは別居するためにパリに戻ってきたのだった。

あるおかまの母親

あいつの親父が死んだ時、あいつはまだほんの駆けだしで、マネージャーは墓の権利を無期限にして埋葬してやった。つまり、あいつの親父は永久に居場所を持ったってわけだ。けど、お袋のほうが死んだ時、マネージャーはふたりの仲がずっと熱いままつづくとはかぎらないと考えた。あいつらはそういう関係だった。もちろんあいつはおかまさ。知らなかったか？　とにかくそういう事情で、マネージャーはあいつのお袋の埋葬期限を五年にした。

それで、スペインからメキシコに帰ってきた時、あいつは最初の通知を受け取った。通知には五年の期限が切れたので、更新の手続きをとって欲しいと書かれていた。あいつの母親が無期限の権利を得るには、たった二十ドル払うだけでよかった。おれはその頃、金庫を任されていた。手続きしておくよ、パコ、とおれはあいつに言った。けどあいつはこう答えた。いや自分でやる。すぐ手続きする。自分の母親のことだ、自分でやりたい。

それから一週間経たないうちにあいつのところに二通目の通知が届いた。おれはそれを読んでやった後、手続きはもうすませたと思っていた、とやつに言った。

いいや、とあいつは言った。まだやってない。

「任せてくれ」おれは言った。「金はいま金庫のなかにある」

だめだ。やつは言った。誰もおれに指図することはできない。手が空いたら自分でやる。「まだ払わなくてもいいってのにいそいそと金を出すってのはどういう料簡だ？」

「分かった」おれは答えた。「けど、ちゃんとやってくれよ」その時、やつは慈善興行以外は一回四千ペソで六回の出場の契約をしていた。メキシコ市だけで一万五千ドル以上稼いでいた。あいつは締まり屋なんだ。つまりはそういうことなんだな。

つぎの週に三度目の通知がきた。おれは読んでやった。もしつぎの土曜日までに金を払わなければ母親の墓から遺骨を取りだして、共同の墓穴に棄てると書いてあった。やつは言った。今日の午後、町に行く用事があるからついでに手続きをすませてくる、と。

「何でおれにやらせないんだ？」

「嘴《くちばし》を突っこむな。これはおれの問題だ。だから自分でやる」

「分かった。そういうふうに感じるんだったら何も言うことはない。自分の問題を片付けてくれ」

やつは金庫から金を取りだした。その頃のあいつは百ペソかそれ以上の額の金をいつも持ち歩いてたんだがな。あいつは手続きをしてくると言った。そうやって金を持って出ていったもんだから、おれはてっきり手続きは終わったものだと思ってた。

　一週間後通知がきた。最後の警告にたいする返事がなかったので、母親の骨は墓穴に棄てられたということだった。共同の墓穴に。

「どうなってんだ」おれはやつに言った。「あんたは手続きするって言って金庫からその分を取っていった。なのになんであんたのお袋はこうなっちまうんだ。くそ、考えてもみろよ、お袋が無縁仏の墓穴に入れられてるんだぞ。何でおれにやらせなかったんだ。最初の通知がきた時すぐ金を払ったのに」

「おまえの知ったことじゃない。これはおれのお袋のことだ」

「おれの知ったことじゃない、ああ、そりゃたしかにそうだ。けどこれはあんたの問題だろ。自分のお袋をそんな目にあわせるやつの体にはいったいどんな血が流れてるんだ。あんたは母親を持つ資格がない」

「これはおれのお袋のことだ。これでお袋は前より身近になった。ひとつところに埋められたと考えて悲しむ必要がなくなった。お袋はいま空気のなかにいる。おれのまわりのどこにでもいる。鳥や花みたいに。これからお袋はいつもおれと一緒だ」

「何てことを」おれは言った。「あんたの体にはいったいどんな血が流れてるんだ。もうおれには話しかけないでくれ」

「お袋はおれのまわりじゅうにいる。もうおれは悲しくなることはない」

その頃、やつは自分を普通の男に見せようとして、まわりの女たちに大金を遣ってた。人目を欺こうとしていたんだ。けど少しでもあいつを知っている人間は誰もだまされなかった。あいつはおれに六百ペソの借りがあった。そしてやつはその金を返さなかった。

「なぜいま必要なんだ」あいつは言った。「おれが信用できないのか、友達だろう？」

「友達でもないし、信用もしてない。おれはあんたがいないあいだ請求された分を立て替えた。いま返してもらう必要があるんだ。あんたには返すだけの金もある」

「それだけの金は手元にない」

「あんたは持ってる。いま金庫のなかにあるから返せる」

「あの金は使い道が決まってるんだ。金が必要なことはめっぽうたくさんあって、おまえはそれを全部知ってるわけじゃない」

「おれはあんたがスペインにいるあいだずっとここにいて、金の請求があったら払うように言われてた。家のあれこれで請求があった時には。けどあんたは向こうにいるあいだ全然金を送ってよこさなかった。だからおれは六百ペソ立て替えた。いまそれが必要になった。あんたには返せるだけの金はある」

「すぐ返す。いまのおれはどうしようもなく金が要るんだ」

「何に遣うんだ？」

「おまえの知ったことじゃない」

「どうして少しずつでも返さない」

「できないんだ」やつは言った。「どうしようもなく金が要るんだ。けど、いずれ返す」

　スペインであいつは二回しか興業に出なかった。あっちではみんなすぐにやつを見限った。やつは闘牛用の衣装を七着作った。そうしていかにもあいつらしく、荷造りをものすごくいい加減にやったせいで、そのうちの四着はこっちへ戻ってくる時に海水でだめになり、着られなくなった。

「何だってんだ。あんたはスペインに行った。それで闘牛のシーズンのあいだずっと向こうにいたが、二回しか出場しなかった。あんたは有り金全部はたいて衣装を買った。けど海水でだめにして着られなくなった。それがあんたのスペインでのシーズンだった。なのにあんたは自分の問題がどうのこうのしか言わない。おれが立て替えた金をなぜ出さない。その金があったらおれは好きなところへ行けるのに」

「おまえにはここにいて欲しい」あいつは言った。「金は返す。けどおれにはいま金が必要なんだ」

「自分のお袋の墓を守る金さえ出せないほど困ってる。そう言いたいのか？」

「お袋がこうなったことには満足している。おまえには理解できない」

「理解できないことを神に感謝するよ。立て替えている金をくれ。くれないんだったら金庫から取る」

「これから金庫に関してはおれが自分でやる」

「いや、あんたはそんなことするつもりはない」

その同じ日の午後、あいつはちんぴらを連れてやってきた。あいつが生まれた町からきたという無一文の男だった。で、やつは言った。「こいつはおれと同郷で金が必要だ。お袋が重病だそうだ」もちろん、その男はただのちんぴらで、やつとは初対面だった。ただ生まれた町が同じというだけだった。つまりは同郷の人間に自分が親切で度量の広い闘牛士《マタドール》だってところを見せたかったのだ。

「金庫から五十ペソだして、こいつにやってくれ」

「あんたはついさっきおれに返す金がないと言った。なのにいまこのちんぴらに五十ペソくれてやれと言う」

「同じ町の出身なんだ。それに困ってる」

「くそったれ」おれはそう言って、金庫の鍵を放りなげた。「自分でやれ。おれは街へいく」

「落ち着け。金は返す」

おれは街へ出るために車を出した。車はあいつの車だった。けどやつはおれのほうがうまく運転できることを知っていた。そもそもあいつがやることは何でもおれのほうがうまくできた。あいつもそれは知っていた。あいつは読み書きさえできなかった。おれは誰かに相談して金を払わせる方法を考えだすつもりだった。あいつはおもてに出てきて言った。「おれも一緒に行く。それに金を返す。おれたちはいい友達だ。言い争う必要はない」

　おれたちは車で街に入った。おれが車を運転していた。街に入る少し前にやつは二十ペソ差しだした。

「金を返す」

「この母親なしのくそったれめ」おれはそう言い、その金をどうすればいいのかやつに教えてやった。「あんたはあのちんぴらに五十ペソやった。それで六百ペソ貸しているおれには二十ペソ差しだす。おれはあんたからは五セント《ニッケル玉》だって受け取るつもりはない。あんたは自分の金の遣いかたをよく知ってる」

　その夜寝る場所さえなかったが、おれはポケットに一ペソも持たないまま車を降りた。その後、おれは友達のひとりにつきあってもらって、あいつの家に身の回りのものを取りにいった。それで今年になるまで話すこともなかった。

　ある夜、三人の友達とマドリードの目抜き通り《グラン・ビア》を歩くあいつに遇った。あいつはカジヤオ劇場に映画を観に行く途中だった。やつは手を差しだした。

「これはこれは、旧友ロジャージャーじゃないか」あいつは言った。「元気か。おれの悪口を言ってまわってるらしいな。でたらめなことをしこたま触れまわってるって、みんな言ってるぞ」

「おれが言ってるのはあんたにはお袋がいないってことだけだ」おれはそう答えた。スペイン語で男を侮辱する言葉としてはそれが一等酷《ひど》いものだった。

「そりゃ、たしかだ」やつは言った。「おれの可哀想なお袋はおれがまだ青二才だった頃に死んでしまった。まったくお袋がいなかったも同然だ。悲しい話だ」

世のなかにはおかまってものがいる。おかまとまっとうな話をすることはできない。連中とまっとうな話ができる者は存在しない。誰であろうが。何をしようが。おかまは自分のためか、それでなければ、自分の見栄のために金を遣う。けど借りた金は決して返さない。試しにおかまの誰かに金を返せと言ってみたらいい。グラン・ビアで遇った時、やつのことをどう思っているかおれは面と向かってぶちまけた、やつの三人の友達の目の前で。けど、あいつはいまでも顔を合わせると、まるで友達みたいにおれに話しかける。ああいう男の体に流れている血ってのはいったいどういう種類の血なんだろう。

敗れざる者

マヌエル・ガルシアはドン・ミゲル・レタナの事務所に行くために階段を上っていた。かれはスーツケースを置き、ドアをノックした。返事はなかった。廊下にいても部屋のなかに誰かいることは分かった。ドア越しにそう感じたのだ。

「レタナ」マヌエルは声をかけて、返事を待った。

返事はなかった。

やつはなかにいる。間違いない。マヌエルはそう思った。

「レタナ」マヌエルはそう言って、ドアを強く叩いた。

「誰だ」部屋のなかから声が返ってきた。

「おれだ、マノロだ」マヌエルが言った。

「何の用だ」

「仕事が欲しい」

把手の向こう側でカチャカチャと音がして、やがてドアが開いた。マヌエルはスーツケースを持って部屋のなかに入った。

奥にあるデスクの向こうに小さな男がすわっていた。男の後ろの壁からマドリッドの剝製師の手になる牛の首が突きだしていた。壁のいたるところに額入りの写真と闘牛のポスターが飾ってあった。

小さな男はすわったままマヌエルを見ていた。

「殺されたと思ってたんだがな」小柄な男はそう言った。マヌエルは両方の拳でデスクを叩いた。小さな男はすわって、デスクの向こうからマヌエルを見ていた。

「今年は何回闘牛をやったんだ?」レタナが尋ねた。

「一回」

「たった一回?」

「そうだ」

「そういえばそれは新聞で読んだな」レタナは言った。椅子の上で反りかえって、マヌエルを眺めていた。

マヌエルは剝製の牛を見あげた。マヌエルは以前にもしばしばそうして牛を見あげた。かれはその牛にたいして家族に覚えるような感情を抱いていた。その牛は九年前に弟を、将来有望だった弟を殺した牛だった。マヌエルはその日のことをよく憶えていた。牛の首を固定してあるオークの板には真鍮のプレートがはめこまれていた。マヌエルはプレートに書かれた文字を読むことができなかったが、そこには弟を追悼する言葉が書かれているると想像していた。そうだ、あいつはたしかにいい若者だった。

プレートに記されていた言葉はこういうものだった。「マリポサ号、ベラガ公所有。一九〇九年、四月二十七日、七頭の馬を殺し、九本の槍を受け、新進闘牛士アントニオ・ガルシアを死に至らしめる」

レタナは牛の首に目をやるマヌエルを黙って眺めていた。

「公爵が日曜日に送ってきたのは、赤っ恥になるような代物ばかりだ」レタナは言った。「みんな脚が弱すぎる。カフェのほうの評判はどうだ?」

「知らない」マヌエルは言った。「おれはまっすぐここにきたんだ」

「なるほど。まだスーツケースを持ってるな」

かれはマヌエルを見た。大きなデスクの向こうで反りかえっていた。

「すわれ。帽子をとれ」

マヌエルはすわった。帽子をとると、マヌエルの顔に変化があることが分かった。顔色が悪く、帽子からはみださないように弁髪を前のほうに止めていたので、見た感じが妙だった。

「あまり元気そうじゃないな」

「病院から出てきたばかりだ」

「脚を切られたと聞いたんだがな」レタナは言った。

「いや、うまくいったんだ」

レタナは身を乗りだして木製の煙草入れをマヌエルのほうに押しやった。

「煙草を吸え」

「すまんな」

マヌエルは一本取って火を点けた。

「あんたも吸うか」マヌエルはそう言ってマッチを差しだした。

「いや」レタナは手を振った。「おれは吸わない」かれはマヌエルが吸うのを眺めていた。

「何で仕事を見つけて働かないんだ?」

「おれは働きたくない。おれは闘牛士だ」

「闘牛士なんてのはもういない」

「おれは闘牛士だ」マヌエルは言った。

「まあ、あそこにいるあいだはそうだ」レタナが言った。

マヌエルは声を出して笑った。

レタナはすわったまま何も言わなかった。マヌエルを見ていた。

「夜の興業だったら、入れられる。それでいいなら」レタナが申しでた。

「いつだ」

「明日の夜だ」

「代役は好きじゃない」マヌエルは言った。みんなそれで死んでいた。サルバドールはそれで死んだ。マヌエルは両の拳でテーブルを叩いた。

「それしかない」

「何で来週のに入れてくれないんだ」マヌエルは提案した。

「おまえだと客が入らない。みんなが見たいのはリトリやラビトやラ・トレだ。あの小僧たちはなかなかいい」

「みんなおれが仕留めるところを見にくるさ」マヌエルは希望をこめて言った。

「いや、こない。おまえが誰かみんなもう知らないんだ」

「おれはたくさんこなしてきた」マヌエルは言った。

「明日の夜はどうかと言ってるんだ」レタナは言った。「おまえは若いエルナンデスと組んで道化組の後で二頭の若牛を殺せばいい」

「誰の牛だ？」

「知らない。畜舎のなかのどれかだ。獣医が昼の部だと出さないようなやつだ」

「代役は好きじゃない」マヌエルは言った。

「引き受けてもいいし、引き受けなくてもいい」レタナはそう言って机の上に身を乗りだし、新聞を読みはじめた。もうマヌエルにたいする興味は失くなっていた。マヌエルの訴えはレタナを一瞬懐古的な気分にさせたが、その感情は長くつづかなかった。レタナはラリタの代わりに出場させようと思った。そのほうが安くすむのだ。しかしほかの人間で安くすませることもできた。けれどマヌエルにチャンスを与えようと思った。後はマヌエルの問題だった。

「いくらくれるんだ?」マヌエルが尋ねた。かれはまだ断るという考えを弄んでいた。けれど、断ることができないことも知っていた。

「二百五十ペセタ」レタナは言った。かれは五百ペセタという額を考えていた。しかし口が開いた時、出てきたのはそれとは違う金額だった。

「あんたはビリャルタに七千払ってる」

「おまえはビリャルタじゃない」

「それは分かってる」

「マノロ、あいつは人気があるんだ」レタナは説明口調で言った。「三百くれ、レタナ」

「たしかにな」マヌエルはそう言って立ちあがった。

「ああ」レタナはうなずいた。かれは抽斗のなかに手を入れて、書類を探した。

「五十いま貰えるか?」

「いいとも」レタナが言った。財布から五十ペセタを一枚だし、テーブルの上で広げ、皺を伸ばした。

　マヌエルはそれをすくいあげ、ポケットに入れた。

「助手《クウドリリヤ》はどうなるんだ」かれは尋ねた。

「夜の部にいつも出てる小僧っ子たちがいる」レタナは言った。「あいつらで間にあう」

「槍突き《ピカドール》はどうだ」

「ピカドールはあまり多くない」レタナは正直に言った。

「いいピカドールをひとり探さなきゃならない」マヌエルは言った。

「じゃあ、探すんだな」レタナは言った。「外に出て、探せ」

「この金からじゃない」マヌエルが言った。「六十ドゥーロからクゥドリリャを雇うつもりはない」

　レタナは黙って大きな机の向こうからマヌエルの顔を見ていた。

「いいピカドールを探さなきゃならないことは分かるはずだ」マヌエルは言った。

　レタナは何も言わず、マヌエルの顔を遠くから見ているだけだった。

「間違ってるぞ」

　レタナはまだマヌエルのことをじっと見ていた。椅子に背を預けて、遥か彼方からマヌエルを見ていた。

「いつものピカドールがいる」レタナは言った。

「知ってるさ、いつものピカドールは知ってる」

レタナは笑みを浮かべなかった。マヌエルは話が終わったことを知った。

「おれは五分五分で牛とやりあいたいんだ」説得の口調でマヌエルは言った。「あそこに出る時は、牛がどうなるか言えるようにしておきたいんだ。それができるのはいいピカドールがいる時だけだ」

かれはもう耳を傾けていない人間に向かって話しかけていた。

「もし特別に欲しいものがあるんだったら」レタナは言った。「ここから出て行って、手に入れろ。いつものクゥドリリャはひとりいる。自分のピカドールを好きなだけ連れてくればいい。道化組は十時半までには終わる」

「分かった。もしあんたがそういうふうな考え方をするんだったら」

「そういうふうな考え方をするんだ」レタナが言った。

「あんたも顔を出すんだろうな」

「行くつもりだ」

マヌエルはスーツケースを持って部屋を出た。

「ドアを閉めろ」レタナが叫んだ。

マヌエルは振りかえった。レタナは前を向いて新聞か何かを読んでいた。かちゃりと音がするまでマヌエルはドアを引いた。

かれは階段を下り、ドアを開けて、熱気と光のなかに出た。通りはひどく暑く、白いビルの列が反射する光が不意に降ってきて目を射た。かれは急な坂の日陰の部分をプエルタ・デル・ソル広場に向かって下っていった。日陰は流れる水のような質感があり、ひんやりとしていた。通りが交差する場所で熱気が不意に押しよせた。擦れちがう者のなかに見知った顔はひとつもなかった。プエルタ・デル・ソル広場のすぐ手前でかれはカフェに入った。

カフェのなかは静かだった。壁に沿って並んだテーブルに男の姿がいくつか見えた。テーブルのひとつで四人の男がカードに興じていた。男たちのほとんどは壁によりかかって煙草を吸っていた。テーブルには空っぽのコーヒーカップやリキュールのグラスがあった。マヌエルは細長い部屋を通りぬけ、一番奥の小さい部屋に入った。隅のテーブルで男が寝ていた。マヌエルはテーブルを選んですわった。

ウエイターがきてマヌエルのテーブルの脇に立った。

「スリトを見なかったか？」マヌエルはウエイターに尋ねた。

「ランチの前にはいました。五時までは帰ってこないでしょう」

「コーヒーミルクと並みの酒を一杯くれ」マヌエルは言った。

ウエイターは大きなコーヒーグラスとリキュールグラスを乗せたトレイを持って部屋に戻ってきた。左手にはブランデーの瓶を持っていた。かれはそれらを手早くテーブルの上に置き、一緒にきた少年が、注ぎ口と長い手のついたふたつのぴかぴかのポットを操って、コーヒーとミルクをグラスに注いだ。

マヌエルが帽子を取ったので、ウエイターは額の上にピンで留めた弁髪に気がついた。ウエイターはコーヒーグラスの横に置いた小さなグラスにブランデーを注ぎおわると、コーヒー係の少年にウインクをした。少年はマヌエルの青白い顔を興味深げに眺めた。

「この街でやるんですか」コルク栓を壜にねじこみながらウエイターが尋ねた。

「ああ」マヌエルが言った。「明日な」

ウエイターは手にした壜を腰に押しあてていた。

「チャーリー・チャップリンズ？　道化組の？」

コーヒー係の少年はまごついて目を逸らした。

「いや、普通のほうだ」

「チャベスとエルナンデスを出場させるんだと思ってた」ウエイターは言った。

「いや、おれともうひとりだ」

「誰？　チャベス？　エルナンデス？」

「エルナンデスだ、たぶん」

「チャベスはどうしたんですか？」

「怪我をした」

「どこでそのことを聞いたんですか？」

「レタナから」

「おい、ルーイ」ウエイターは隣の部屋に向かって叫んだ。「チャベスが角で刺された」

マヌエルは砂糖の包み紙を剝いて中味をコーヒーのなかに落とし、かきまぜて一口飲んだ。コーヒーは甘く温かく、空っぽの胃袋に温みが染み渡った。それからブランデーを呷《あお》った。

「もう一杯くれ」マヌエルはウエイターに言った。

ウエイターは瓶のコルク栓を抜き、グラスを満たした。皿に一杯分ほどの量がこぼれた。ウエイターがもうひとりテーブルの前にきていた。コーヒー係の少年はいなくなっていた。

「チャベスはだいぶ悪いんですか？」ふたりめのウエイターがマヌエルに尋ねた。

「知らない」マヌエルは言った。「レタナは何も言わなかった」

「気にかけるはずがない」背の高いウエイターが言った。マヌエルはそのウエイターには気づいていなかった。いまきたばかりだったのだろう。

「もしあんたがレタナの仲間になるんだったら、この街では成功間違いなしだ」背の高いウエイターが言った。「でなけりゃ、このまま外に出て、銃で自分を撃ったほうがいい」

「言ってくれるじゃないか」少し前にきていたウエイターが言った。「言ってくれるね、こりゃ」

「ああ、そうさ、言ったとも」長身のウエイターが応じた。「あいつについて話している時は、自分が何を言ってるかよく分かってる」

「やつがビリャルタにしたことを考えてみろよ」最初のウエイターが言った。

「そうだ、でもそれだけじゃない」背の高いウエイターが応じた。「やつがマルシャル・ラランダにしたことをみろよ。それにナシオナルにしたことを」

「言ってくれるね。おい」背の低いウエイターが調子をあわせた。

マヌエルはウエイターたちを見た。テーブルのすぐ前でかれらは立って話していた。マヌエルは二杯目のブランデーを飲んだ。かれらはマヌエルのことを忘れていた。マヌエルには興味がなかった。

「見てみろよ、あの駱駝《らくだ》みたいな連中を」背の高いウエイターがつづけた。「おまえはナシオナル二世を見たことがあるか？」

「このあいだの日曜に見たよ。知ってるだろう？」最初のウエイターが答えた。

「あいつは麒麟《きりん》だ」背の低いウエイターが言った。

「おれが何を言ってるか分かるよな？」背の高いウエイターが言った。「レタナのところの連中はあんなもんだ」
「なあ、これをもう一杯くれ」マヌエルが言った。かれはウエイターたちが話している
あいだ、皿にあふれたブランデーをグラスに戻し、すでに飲んでしまっていた。
最初のウエイターが機械的にかれのグラスを満たして、三人は話しながら部屋を出て
いった。
部屋の反対側の隅で、男はまだ眠っていた。息を吸う時、かすかに鼾をかいた。頭を
壁にもたせかけていた。
マヌエルはブランデーを飲んだ。自分も眠くなった。街へ出るにも暑すぎた。それに
出てもやることは何もなかった。かれはスリトに会いたかった。マヌエルは待っている
あいだ眠ることにした。テーブルの下のスーツケースを蹴飛ばし、そこにあることをた
しかめた。椅子の下に引っこめて、壁にくっつけたほうがよさそうだった。マヌエルは
屈んでスーツケースを押しこんだ。それからテーブルに突っ伏して眠った。
目を覚ますと、テーブルの向こうに人がすわっていた。大きな男で、インディアンの
ような濃い茶色の顔をしていた。しばらく前から男はそこにすわっていた。男は手を振
ってウエイターを追いはらい、すわって新聞を読み、時折突っ伏して眠っているマヌエ
ルに目をやった。かれは苦労して新聞を読んでいた。一語毎に読みあげるかのように唇
を動かした。新聞を読むのに疲れると、マヌエルを見た。男は椅子の背にもたれ、深く

どっしりとすわっていた。黒いコルドバ革の帽子を目深にかぶっていた。

マヌエルは体を起こして、男を見た。

「やあ、スリト」

「やあ」大きな男は言った。

「眠ってた」拳に固めた手の甲でマヌエルは目を擦った。

「ここにいると思ったよ」

「調子はどうだ」

「いいな。そっちはどうだ」

「そんなによくない」

ふたりとも黙った。ピカドールのスリトはマヌエルの白い顔を見た。マヌエルはポケットに入れるために新聞を畳むピカドールの手に目をやった。

「頼みたいことがある、マノス」マヌエルは言った。

頑丈な手《マノスドウロス》というのがスリトの渾名《あだな》だった。その呼び名を聞くとかれは自分の大きな手のことを思いださずにはいられなかった。スリトは自分の手のことを考えながら両手をテーブルの上に置いた。

「飲もう」

「ああ」

ウエイターがきて、去り、また現れた。ウエイターは振りむいてテーブルのふたりを見ながら部屋を出ていった。

「どうした、マノロ」スリトがグラスを置いた。

「明日の夜、おれのために二頭の牛を突いてくれないか」テーブルの向こうのスリトを見あげながらマヌエルは言った。

「だめだ」スリトは言った。「おれは槍突きはもうやってないんだ」

マヌエルはグラスを見おろした。かれはその答えを予想していた。そして実際にその答えが返ってきた。答えははっきりした。

「すまん、マノロ、けど槍突きはやってないんだ」スリトは自分の手を見おろした。

「問題ないさ」マヌエルは言った。

「おれは歳を取りすぎた」

「ただ訊いただけだ」

「明日の夜か？」

「そうだ。いいピカドールがひとりいればうまくできるって思ったんだ」

「いくら貰うんだ？」

「三百ペセタだ」

「ピカドールをやる時はおれはもっと貰ってる」

「ああ、知ってる。おれにはあんたに頼む権利はない」

「何のためにつづけてるんだ？」スリトが尋ねた。「なんで弁髪を切らないんだ、マノロ」

「何でだろうな」

「おまえはおれとほとんど同じくらいの歳だ」

「分からない」マヌエルは言った。「おれはやらなきゃいけない。もし五分五分でやれるんだったら、やるだけだ。おれはこれをつづけなきゃいけないんだ、マノス」

「おまえは分かってない」

「いや、分かってる。おれはやめようとしてきた」

「おまえがどんなふうに感じてるかは知っている。でもそれは正しくない。手を引いて、二度と近づかないことだ」

「できないんだ。それにおれは最近うまくやっている」

スリトはマヌエルの顔を見た。

「おまえはしばらく病院にいたじゃないか」

「けど、おれは傷を受けた時、うまくやっていた」

スリトは何も言わなかった。かれは皿を傾けて、コニャックをグラスに注いだ。

「新聞はあれより素晴らしいとどめの技《ファエナ》は見たことがないって書いてた」

スリトはマヌエルを見た。

「あんたは牛を扱っている時、おれがうまくやってることを知ってる」

「おまえは歳を取りすぎた」

「いや」マヌエルは言った。「あんたより十歳下だ」

「おれの場合とは違う」

「歳を取りすぎてるってことはない」

ふたりは黙った。マヌエルはピカドールの顔をじっと見た。

「おれは傷を受けるまでずっとうまくやってた」

「おれがどんなふうにやってきたかあんたはちゃんと見ておくべきだった、マノス」非難めいた口調でマヌエルは言った。

「おまえを見たくないんだよ」スリトは言った。「見ると神経に障る」

「あんたは最近のおれを見ていない」

「たくさん見てきた」

スリトはマヌエルの顔を見た。しかしまともに目を見ることは避けていた。

「引退したほうがいい、マノロ」

「できない。おれはいまうまくやっている。言った通りだ」

スリトは身を乗りだして両手をテーブルについた。

「いいか、おれはおまえのために槍突きをやる。で、もし明日の夜、出来が上等じゃなかったら、引退するんだ。約束できるか」

「ああ」

スリトはもとの姿勢に戻った。安心していた。

「これでおまえは引退だ。くだらん遊びはもう終わりだ。おまえは弁髪を切ることになる」

「引退することにはならない」マヌエルは言った。「見てな、おれはたくさんやってきた」

スリトは立ちあがった。かれは議論したことで疲れを感じていた。

「これでおまえは引退だ。おれが自分でおまえの弁髪を切ってやる」

「いや、そんなことにはならない。そんな機会はこない」

スリトはウエイターを呼んだ。

「こいよ」スリトが言った。「家に行こう」

マヌエルは椅子の下のスーツケースに手を伸ばした。かれは幸福だった。スリトが自分のために槍突きをやってくれるのだ。スリトは生きているピカドールのなかで最高の者だった。いま、すべては単純になった。

「家に行こう。飯を食おう」スリトは言った。

道化組のチャーリー・チャップリンズが終わるのをマヌエルは馬場で立って待っていた。スリトが横にいた。ふたりが立っているところは暗かった。円形の砂地《アレナ》につづく大きなドアは閉まっていた。頭の上から叫び声が聞こえ、つづいて大きな笑い声が聞こえた。それから静かになった。マヌエルは馬場の隣にある厩舎の匂いが好きだった。暗がりのなかで嗅ぐその匂いは心地よかった。それからまたアレナから大きな声が聞こえ、喝采があがり、それは長くつづいた。いつまでもつづいた。

「こいつらを見たことがあるか?」スリトが尋ねた。暗闇で大きくのしかかるような影となってスリトは横に立っていた。

「いや」

「こいつらはすごく面白い」スリトは言った。かれは暗闇のなかで誰に向けるでもない笑みを浮かべた。

アレナにつづく扉は観音開きで、見あげるほど大きく、ぴったりと閉まったその扉がいま勢いよく開き、マヌエルはアーク灯のぎらぎらする光に照らされたアレナを見た。闘牛場の建物は大きく、客席は高く聳えていた。円いアレナの縁に沿って、浮浪者のような服を着たふたりの男が走り、お辞儀をしていた。その後ろをホテルのベルボーイのお仕着せを着た三番目の男が歩いていて、帽子やステッキを拾いあげ、暗闇に向かって投げかえしていた。

　馬場の電灯が消えた。

「おまえが小僧っ子たちを集めているあいだ、おれはポニーまがいのどれかを試しておく」スリトが言った。

　かれらの後ろから騾馬《らば》の鈴の音が聞こえた。アレナに出て死んだ牛を牽くためにきたのだった。

　クゥドリリャのメンバーたちは　防護柵と客席のあいだの通路で道化芝居を見物していたが、いまは戻って馬場の電灯の下に固まって立ち話をしていた。銀色とオレンジ色の服を着た、見栄えのいい若者がやってきてマヌエルに笑いかけた。

「エルナンデスです」若い男はそう言って、手を差しだした。

　マヌエルはその手を握った。

「おれたちの今夜の相手はみんな象みたいなのばかりだ」少年のように見えるその若者は楽しげに言った。

「たしかに角のあるでかいのが揃ってるな」マヌエルも調子を合わせた。

「あなたは最悪のを引きあてましたよ」

「けっこうだ」マヌエルは言った。「でかけりゃでかいほど、貧乏人が食う肉が増える」

「どこで覚えたんですか、その言い方」エルナンデスはにやりと笑った。

「昔からあるやつだ」マヌエルは言った。「あんたのクゥドリリャを並ばせてくれ。手助けしてくれる連中が見たいんだ」

「あなたは上等のを少しばかり手に入れましたよ」エルナンデスは言った。とても陽気だった。かれは二度夜間興行に出て、マドリードで信奉者を得はじめていた。まもなく闘牛がはじまるのでかれは幸福だった。

「ピカドールたちはどこだ?」

「裏の馬の柵で喧嘩してます、誰がきれいな馬をとるかで」エルナンデスはにやりと笑った。

騾馬たちが勢いよく門から戻ってきた。鞭が鳴り、鈴が鳴り、砂の上には若い雄牛の死体が作った溝があった。

牛の死体が通りすぎるとかれらはすぐに入場行進《パセオ》に備えて整列した。

マヌエルとエルナンデスが一番前に立った。クゥドリリャの若者たちはその後ろに並んだ。かれらは厚いケープを畳んで腕に掛けていた。最後に四人のピカドールがつづいた。囲い柵の薄闇のなかで馬上のピカドールたちは鉄の穂先がついた槍を垂直に立てていた。

「不思議だな。何でレタナは馬が見えるようなちゃんとした明かりをつけないんだろう」ピカドールのひとりが言った。

「レタナは知ってるんだよ。おれたちがこの馬どもをじっくり見ないほうが幸せだってことをな」べつのピカドールが答えた。

「おれが乗ってるこいつはかろうじておれの体を浮かしてるだけだ」最初のピカドールが言った。

「まあ。こいつらはいちおう馬だ」

「ああ、いちおう馬だ」

暗闇で痩せた馬に乗ったかれらは会話を交わした。

スリトは何も言わなかった。かれはあてがわれた馬のなかで唯一しっかりしたものに乗っていた。かれはもうその馬を試していた。柵のなかを走りまわらせた時、馬は轡《くつわ》と拍車によく応えた。右目を覆った包帯はもう外し、耳を根本から抑えつけるように縛った紐も切っていた。頑丈ないい馬だった。脚もしっかりしていた。それで十分だった。かれは闘牛が終わるまでその馬に乗るつもりだった。馬に乗った瞬間、スリトは槍を使って為すべきことを考えはじめ、薄暗がりでキルトを掛けた大きな鞍にまたがって入場行進を待っている時には、最初から最後まですべてやり終えていた。両側でほかのピカドールたちは話しつづけていた。その話には耳を傾けなかった。

ふたりのマタドールは三人の助手の前に並んで立っていた。助手たちのケープは同じ流儀で左の腕に畳まれていた。マヌエルは後ろにいる三人の若者について考えていた。エルナンデス同様、三人はみんなマドリード生まれだった。十九歳という若さだった。かれらのなかのひとりはジプシーで、真面目そうだったがどこか超然としていて、浅黒い肌のその若者の見かけをマヌエルは好もしく思った。かれは振りかえった。

「名前は何ていうんだ」かれはジプシーに尋ねた。

「フエンテス」ジプシーは言った。

「いい名前だ」

ジプシーは白い歯を見せて微笑んだ。

「きみは牛が出てきたら引きつけて、少し走らせてくれ」

「分かりました」ジプシーは言った。真面目な顔だった。かれは自分がするべきことを考えはじめていた。

「さあ、行こう」マヌエルはエルナンデスに言った。

「よし、行きましょう」

顔を上げて音楽に足並みをあわせ、右手を振りながら、かれらは躍りでて、アーク灯に照らされた砂のアレナを進んだ。クゥドリリャたちは後ろで散開し、馬に乗ったピカドールたちはそのまま進んだ。さらにその後ろには闘牛場の雑務係と鈴を鳴らす騾馬がつづいた。かれらがアレナを行進していく時、観客はエルナンデスに喝采を浴びせた。

尊大に、軽快な足取りで進みながら、かれらはまっすぐ前方を見ていた。

座長の前でかれらはお辞儀をした。そして行列は役割毎に分かれた。闘牛士は防護柵に行き、重いマントを戦い用の軽いケープに取り替えた。騾馬はいなくなった。ピカドールたちは跳ねるような速駈けに移ってアレナを走りまわっていた。そしてそのうちのふたりは出てきた門から姿を消した。雑務係たちは砂を均《なら》していた。

マヌエルはレタナの代理人のひとりがコップに注いだ水を飲んだ。かれはマヌエルの付き添いと剣持ちの役目を果たすことになっていた。自分の付き添いと話していたエルナンデスがやってきた。

「ずいぶんな人気じゃないか」マヌエルはお世辞を言った。

「みんなおれのことを気にいってくれてるんです」エルナンデスは幸せそうに言った。

「入場行進《パセオ》はどうだった？」マヌエルはレタナの代理人に訊いた。

「結婚式のようだった」剣持ちは答えた。「立派だった。あんたたちはホセリトとベルモンテのように出てきた」

馬に乗ったスリトが通りすぎた。馬に乗ったスリトは巨大な乗馬像のように見えた。かれは馬を回転させて密閉牛舎《トリル》のほうを向いた。それはアレナの向こう側に位置し、牛はそこから出てくるのだった。スリトはアーク灯に照らされることに違和感を覚えていた。かれは午後の熱い太陽の下で大金をもらってピカドールをやってきた。このアーク灯がらみの仕事は好きではなかった。早くはじまって欲しかった。

マヌエルがかれに近づいた。

「突いてくれ」マヌエルは言った。「おれが扱えるようにしてくれ」

「ああ、突くよ」スリトは砂の上に唾を吐いた。「アレナから飛びださせる」

「牛を怯えさせてくれ、マノス」

「ああ、怯えさせるさ」スリトは言った。「なんで出さないんだ」

「すぐ出てくる」マヌエルは言った。

スリトはそこで馬を止めた。箱形の鐙《あぶみ》に入れた足先、馬の胴体を締めつける鹿革の具足に包まれた脚、左手に握った手綱、右手の長い槍、アーク灯の光が目に入らないように目深にかぶったつばの広い帽子。かれは遠い密閉牛舎の戸を注視していた。馬の耳が震えた、スリトは左手で軽く馬を叩いた。

牛舎の赤い扉が内側に引かれ、一瞬、アレナの向こう、反対側のそこにスリトは空っぽの通路を見た。それから牛が勢いよく飛びだしてきた。牛はアーク灯の光の下に出て、四本の脚をふんばって砂の上を滑り、それから速駈けに移った。牛はしだいに速度をあげたが、動きはなめらかで、大きく開いた鼻孔から出る鼻息以外は音も立てず、暗い牛舎から解放されて喜んでいるようだった。

座席の最前列で『エル・エラルド』の闘牛担当の補欠記者は少し退屈しながら、膝の前のセメントの低い壁の上に身を乗りだし、殴り書きしていた。「カンパネロ、黒、角は四十二番。時速九十マイル、ガソリン満タンで登場……」

マヌエルは防護柵に寄りかかって牛を見ながらジプシーに手で合図した。ケープをなびかせてジプシーは走りだした。最高速度で走っていた牛は方向を変え、ケープを追った。頭が下がり、尾が上がっていた。ジプシーはジグザグに走り、その姿を捉えた牛は目標をケープではなくそちらにした。ジプシーは全力で走り、赤い防護柵を跳びこえた。同時に牛の角が柵に突きあたった。牛は厚板の柵を角で二度突きあげ、盲目的に体当たりした。

『エル・エラルド』の闘牛担当の記者は煙草に火をつけ、マッチを牛に向かって投げ、それからノートに記した。「カンパネロの巨体と立派な角は入場料を払った客を十分満足させるもので、闘牛士たちの領土に侵入しようかという勢いだった」

マヌエルは牛が防護柵にぶつかった時に、固い砂のアレナに足を踏みだした。視野の隅に白い馬に乗ったスリトが映った。スリトはいま柵の近くにいて、そこは円いアレナに沿って四分の一ほど左に行ったあたりだった。マヌエルは両手でケープの折り重なった部分を握って前に垂らし、牛に向かって叫んだ。「ハッ、ハッ」。柵にかじりついていた牛は向きを変えた。ケープに向かって突っこんできた瞬間、マヌエルは一歩横にずれ、踵を軸に回転して牛をかわし、同時に角のすぐ前でケープに弧を描かせた。ケープを止めた時にはかれはまた牛と正対していて、同じように体の前でケープを構え、牛がもう一度突っこんできた時、ふたたび踵を中心に一回転した。一度目も二度目も観衆は歓呼の声をあげた。

マヌエルは四度回転して牛の突進をかわした。空中でうねるようにケープを跳ねあげ、毎回、攻撃しなおさせるために牛を自分のほうに向かせた。そして五回目には最後の瞬間にケープを腰に当てて、そのまま体を一回転させたので、ケープはバレエのダンサーのスカートのように膨らんだ。牛は体をねじってそれを追った。まるで生ける腰帯のようだった。その場を離れるために、牛を白い馬に乗ったスリトのほうに向かせた。スリトはそこで悠然と待ちかまえていた。牛に向かいあった馬の耳は前を向き、口の動きは神経の緊張を感じさせた。目深に帽子をかぶったスリトは身を乗りだし、長い槍の半ばあたりを持っていた。槍の後ろは掻いこんだ右腕から鋭角に突きだし、先のほうは牛に向けられ、尖端には三角の鉄の穂先が見えた。

『エル・エラルド』の控えの記者は煙草の煙を深く吸いこみ、視線を牛に落とし、書いた。「ベテランのマノロは見事なあしらい《ベロニカ》技を連続して披露し、ベルモンテのような止め技《レコルテ》で締めくくった。常連たちは喝采を送った、そして騎手の場に移った」

スリトは馬を操りながら穂先から牛までの距離を測っていた。スリトがそうしている時に牛は勇気を奮いおこして突進してきた。牛の目は馬の胸を見ていた。角で突こうと頭を下げた瞬間、スリトは牛の肩の筋肉の盛りあがった部分に槍の尖《さき》を沈め、柄に全体重を掛けた。それから左手で手綱を引いて、白馬を棹立ちにさせた。前脚が宙を掻いた。スリトはさらに馬の体を右に振り、牛がその下を通りすぎるようにした。牛の角は馬の腹の下を何事もなく通りぬけ、馬は体を震わせながら、前脚を下ろした。エルナンデスのケープに向かう牛の尻尾が馬の胸を撫でた。

エルナンデスは横向きに走り、ケープで牛をもうひとりのピカドールのほうに誘導した。そしてケープの一振りで牛を立ちどまらせ、新たなピカドール、新たな馬と乗り手に正対させ、引きさがった。馬を見ると牛は突進した。ピカドールの槍が背中ですべり、ぶつかった衝撃で馬の体が浮き、ピカドールはその時にはもう鞍から体を半分外していた。槍がうまく刺さらなかった時、ピカドールは右足を鐙《あぶみ》から完全に外し、左側に降りて、牛と自分のあいだに馬の体がくるようにした。馬の体は角で突かれて浮きあがり、突進してきた牛とともに倒れた。横たわったピカドールは長靴で馬を一蹴りして身を離し、その場に寝転がった。そして待った。抱えられ、運ばれ、自分の足で立てるようになるのを。

マヌエルは牛が倒れた馬に体当たりするのを見過ごした。かれは急いではいなかった。ピカドールは無事だった。それにああいうピカドールにとって苦労するのはいい薬になる。あいつはつぎはもう少し堪《こら》えるだろう。意気地なしのピカドールなんて。マヌエルは砂の向こうの、防護柵から少し離れた場所に立つスリトを見た。胆のすわった馬とともに待っていた。

「はっ」かれは牛に向かって叫んだ。「さあ、こい《トマール》」牛の目を惹くために両手でケープを持った。牛は倒れた馬から離れ、ケープめがけて突進してきた。マヌエルはケープを大きく広げて横向きに走り、それから立ちどまって身を翻し、牛を一瞬で回転させて、スリトに向きあわせた。

「カンパネロは一頭の痩せ馬の死と引きかえにふた突きの槍を受けた。エルナンデスとマノロの注意をそらす技《キーテ》に操られて」『エル・エラルド』の記者は書いた。「牛は断固として槍に立ち向かい、馬嫌いであることを明らかにした。ヴェテランのスリトは昔ながらの槍の技のいくつかを蘇らせた。かれが見せた技は――」

「いいぞ《オーレ》、いいぞ《オーレ》」横にすわっていた男が叫んだ。その声は観衆のどよめきに飲みこまれた。そしてかれは記者の背中を叩いて注意をうながした。記者はすぐ下にいるスリトを見るために顔を上げた。スリトは鞍から大きく身を乗りだしていた。脇に挟んだ槍は垂直に近い角度で立ち、その先の部分を握り、体重のすべてをかけ、牛を抑えつけ、牛のほうは前へ進もうと、馬に近づこうとしていた。鞍から身を乗りだしたスリトは牛を抑え、抑えながら同時に馬を少しずつ回そうとしていた。牛の圧力に抗しながら。そしてついに馬の体を正面からずらすことができた。スリトは馬が進路から外れ、牛をいなすことができるようになった瞬間を捉え、鉄の錠を支《か》ったかのような抵抗をゆるめた。そして牛が抵抗から解放されて、鼻先で揺れるエルナンデスのケープに向かって突進した時、肩の筋肉に刺さっていた三角形の槍の刃はその筋肉を引き裂いた。牛は盲目的にケープに突進し、エルナンデスは牛をアレナの空いているほうに走らせた。

スリトはその場に留まり、馬を軽く叩き、ケープを追う牛を眺めた。エルナンデスは明るい光の下で牛に向かってケープを振り、群衆は歓呼の声を上げた。

「いまのは分かったか」かれはマヌエルに言った。

「驚いたよ」マヌエルが言った。

「さっきのであいつを使い物にならなくした」スリトが言った。「あれを見ろよ」

間近で翻ったケープのため、牛は膝をついた。牛はすぐに立ちあがった。しかし、ずっと遠くからマヌエルとスリトの目には迸る血、光る血は見えた。牛の肩口を、黒い皮膚の上を、血は流れていた。

「さっきのであいつを使い物にならなくした」スリトは言った。

「あれはいい牛だな」

「もしおれにもう一刺しできる機会をくれたら、殺せる」

「つぎの場はおれたちの番だよ」

「あれを見ろ」スリトが言った。

「向こうに行ったほうがよさそうだ」マヌエルはそう言って、アレナの反対側に向かって走りはじめた。仕事着を着た雑務係たちが一頭の馬の手綱を牽いて牛のいるところまで行こうとしていた。行列を作り、馬の脚を棒で叩き、牛に近づこうとしていた。牛は首を垂らし、蹄で砂を掻き、攻撃したものかどうか決めかねていた。

スリトは馬を操って、そちらのほうに向かった。顔をしかめて、どんな細かいところも見逃すまいとしていた。

ついに牛は攻撃した。馬を牽いていた男たちは防護柵を目指して走った。ピカドールの槍が当たった場所はあまりに後ろすぎた。牛は馬の腹の下に首を突っこみ、持ちあげると、馬の体は牛の首を滑って背中に乗った。

スリトは見ていた。赤いシャツを着て、ピカドールを安全なところまで引きずるために走りでた雑務係、いま立ちあがり、口汚いことを喚き、腕を振りまわすピカドール、立ってケープを準備しているマヌエルとエルナンデス、牛は黒く大きく、背中に馬を乗せ、馬の脚はぶらさがり、轡《くつわ》は角に引っかかっている。馬を背中に乗せているためよろめく脚の短い黒牛。そして首筋を隆起させ、背中を丸め、突きあげ、ふるい落とそうと走りだす。滑り落ちる馬。それからマヌエルが広げたケープに向かって遮二無二突進する牛。

さっきより動きが鈍くなっているとマヌエルは思った。牛はひどく血を流していた。

脇腹全体に広がった血が光っていた。

牛は突進してきた。凄まじい形相で、目を見開いて、ケープにまっしぐらに。マヌエルは横に一歩ずれて突進をかわし、それから両腕を上げ、ベロニカを披露するために牛に向かってケープを広げた。

いまかれは牛とにらみあっていた。そう、牛の首は少し下がりつつあった。首を垂らしたまま動いていた。スリトの仕事のおかげだった。

マヌエルはケープを振った。牛が突っこんできた。横にずれ、もう一度ベロニカを見せた。牛の攻撃はすばらしく正確だった。かれはそう思った。牛は十分な時間を戦ってきた。だから観察することを覚えていた。牛はいま狩ろうとしていた。自分を見ていた。けれど突かせるのはケープだけだ。

かれは牛に向かってケープを振った。そこに牛は突っこんできた。かれは横に一歩ずれた。今度はおそろしく近かった。そんなに近づいたつもりはなかった。

ケープの縁が血で濡れた。通りすぎた時に牛の背中に触れたのだった。

いいだろう。これが最後だ。

牛に正対し、突進の度に身を翻してきたマヌエルは、ケープを両手で持った。牛はかれを見た。観察している目だった。角をまっすぐ前に突きだして、牛はかれを見ていた。観察していた。

「はっ」マヌエルは叫んだ。「牛よ！《トーロ》」そして胸を張って、ケープを前に突きだし、閃《ひらめ》かせた。そこに牛は突っこんできた。かれは体をずらし、ケープを後ろに回し、回転した。牛はケープの渦巻きを追っただけで、何も手にしなかった。マヌエルの技に操られ、ケープに支配されて。マヌエルは鼻面で片手に持ったケープを振った。牛が操られていることを示すために。そして歩いてその場を去った。

喝采はなかった。

マヌエルは砂の上を歩いて防護柵に向かった。一方のスリトは馬に乗ったままアレナから出た。マヌエルが牛と相対していた時に、飾りつき槍《バンデリリャ》の場に移ることを告げるトランペットが鳴りおわっていた。マヌエルはそれに気づかなかった。雑務係たちは死んだ二頭の馬の上に厚布を広げ、おがくずを周囲に撒いていた。

マヌエルは水を飲むために防護柵まで行った。レタナの使用人が重い素焼きの水差しをよこした。

背の高いジプシーのフエンテスはバンデリリャを二本握って、立っていた。まとめて握っていた。バンデリリャは細く、柄は赤く、穂先には銛と同じような返しがあった。かれはマヌエルを見た。

「さあ、出番だ」マヌエルは言った。

ジプシーは小走りで牛の許に向かった。マヌエルは水差しを置いて眺めた。かれはハンカチで顔を拭いた。

『エル・エラルド』の記者は足のあいだに置いた壜に手を伸ばし、温まってしまったシャンパンを一口飲んだ。そして段落を終えた。

「老いたマノロはケープを使って一連の技を見せたが、喝采はなかった。そして場は変わった」

アレナの中央にぽつんと牛がいた。まだじっとしていた。背の高い、背筋の伸びたフエンテスは牛のほうに傲然と歩を進めていた。腕を広げ、細く赤い槍をそれぞれの手にしっかりと握り、尖《さき》をまっすぐ前に向けていた。フエンテスは前に進んだ。その横、少し後ろにケープを持った雑務係が従っていた。牛はフエンテスの姿を認めた。そしてもうじっとしていなかった。

牛の目はフエンテスを観察していた。いまはその場に動かずに立っているかれを。フエンテスは上体を反らして、牛を誘っていた。かれは二本のバンデリリャをぴくりと動かした。尖端の金属が光って牛の目を惹いた。

尻尾が上がり、牛が突進した、

フエンテスを見ながら牛はまっすぐに突っこんだ。フエンテスはそのまま立っていた。上体が反り、バンデリリャの尖端は前を向いていた。牛が角で引っかけようと首を下げた瞬間、フエンテスは大きく振りかぶった。頭上で合わさる両腕。バンデリリャを握るふたつの手。下降するふたつの赤い線。フエンテスは腕を振りおろした。ふたつの尖《さき》を牛の肩口に打ちこみ、角の上で上体を折り、直立した二本の槍を軸にして回転した。二本の脚をぴたりと閉じたまま体全体を弓の形にして、かれは牛をやりすごした。

「いいぞ《オーレ》」観衆からの声。

牛は鱒のように跳ねながら狂ったように角で宙を突いていた。地上から離れる四本の脚。跳ねるたびにバンデリリャの赤い柄が揺れた。

防護柵の前に立っていたマヌエルは、牛がいつも右に注意を向けていることに気づいた。

「つぎの二本は右に刺すように言ってくれ」かれは新しいバンデリリャを持って走りかけた少年に伝えた。

重い手が肩にかかった。スリトだった。

「どうだ、調子は」かれは尋ねた。

マヌエルは牛から目を離さなかった。

スリトは防護柵から身を乗りだした。両腕を柵について大きく身を乗りだした。マヌエルはスリトの顔を見た。

「おまえはうまくやっている」スリトが言った。

マヌエルはうなずいた。かれは三つめの場までは何もすることがなかった。ジプシーはバンデリリャできわめてうまくやっていた。牛はつぎの場にはとてもいい状態になっているはずだった。あれはいい牛だった。いままではすべて順調だった。心配なのは剣を使っての最後の仕事だけだった。しかしほんとうに心配しているわけではなかった。かれはそれについて考えてすらいなかった。けれど、そこに立つマヌエルの内側には重い不安の感覚があった。かれは牛を眺めていた。眺めながらファエナや、牛を服従させ、扱いやすくするための赤いムレタの技について計画をたてた。

フエンテスはふたたび牛に向かって歩きはじめていた。舞踏場の踊り手のように踵と爪先だけで歩いて牛を侮辱していた。バンデリリャの柄がしなって震えた。牛はかれを見た。もうじっとしていなかった。かれを狩ろうとしていた。しかし確実に角を突き刺すことのできる距離に近づくのを待っていた。

フエンテスが歩いている時、牛が走りだした。

牛が突進してきた時、フエンテスは円周の四分の一ほどの弧を描くように体をずらし、牛が通りすぎて止まり、振り向いて、まだ自分の姿を見失っているうちに爪先立ちになって腕を伸ばし、肩の筋肉の小山にバンデリリャをまっすぐ突きたてた。

観衆はそれを見て狂ったように騒いだ。

「夜の部には長くいないだろうな、あの若いのは」レタナのところの者がスリトに言った。

「やつはいい」スリトが言った。

「じっくり見てろよ」

かれらはじっくりと見た。

フエンテスは防護柵に背中をつけて立っていた。クゥドリリャのふたりが柵の内側にいて、ケープで牛の注意をそらす準備をしていた。

牛は舌を出し、胴体全部で呼吸しながら、ジプシーを観察していた。牛はかれを捕えたと思っていた。柵の赤い厚板に張りついている。ほんの目の前だった。牛はかれを観察した。

ジプシーは反りかえり、両腕を振りかぶり、バンデリリャの尖《さき》を牛に向けていた。かれは牛を誘った。片足でアレナの砂を打った。牛は疑わしげだった。かれは人間を始末したかった。返しのついた槍を肩に受けるのはもういやだった。

フエンテスは牛のほうに少し近づいた。まだ体を反らしていた。もう一度声を掛けた。群衆の誰かが警告した。

「あいつはどう見ても近づきすぎてる」スリトが言った。

「まあ、見てろよ」レタナの部下が言った。

上半身を反らし、バンデリリャで牛を挑発しながら、フエンテスはジャンプした。両足が地上から離れた。ジャンプした時、牛の尻尾が上がり、突っこんできた。フエンテスは爪先で着地し、回りこんで右の角が体に触れないようにしながら、腕をまっすぐ伸ばし、弓ぞりになって槍を打ちこんだ。

牛は人間の姿を見失い、自分の目を惹きつけるケープに向かって飛びこんで、防護柵にぶつかった。

フエンテスは観衆の喝采を受けながら柵に沿って走り、マヌエルのほうにやってきた。かれの胴着の一部は破れていた。角を完全にかわすことができず、そこが引っかかったのだ。かれはそのことで機嫌がよかった。それを観客に見せられたからだ。フエンテスはアレナを回って歩いた。スリトは前を通りすぎるかれを見た。微笑みながら、胴着を指さしていた。スリトは笑みを浮かべた。

ほかのクゥドリリャがバンデリリャの最後の二本を打ちこんでいたが、誰も何も意を払わなかった。

レタナの部下は赤いフランネルの大きな布の端に、持ち手の棒をはめこんでムレタを完成させ、くるくると巻きあげて、防護柵越しにマヌエルに渡した。そして革の剣ケースのなかに手を入れ、革の鞘に収まった剣を取りだし、鞘のほうを持って柵の上からマヌエルに差しだした。マヌエルが赤い柄《つか》を握って剣を抜くと鞘はぐにゃりと垂れさがった。

かれはスリトを見た。大きなスリトはかれが汗をかいているのに気づいた。

「さあ、おまえが仕留めるんだ」スリトが言った。

マヌエルはうなずいた。

「あいつはなかなか仕上がってる」スリトは言った。

「ちょうどあんたが望んだような状態だ」レタナの部下が請けあった。

マヌエルはうなずいた。

上のほう、屋根のすぐ下にいるトランペット吹きが、最後の場であることを告げた。マヌエルはアレナを踏みしめて歩いた。暗いボックス席のあるあたりを目指して。座長はずっと上のそこにいるはずだった。

座席の列の一番前で『エル・エラルド』の補欠記者は生ぬるいシャンパンを一口長い時間をかけて飲んだ。かれは目の前で繰りひろげられている闘牛については、順を追った記事を書くまでもないと決めていた。社に戻って書きあげればいいと。ともかくこれが何だというのだ？　たかが夜間興行じゃないか。もし自分が見逃がしたとしても、たくさんある朝刊を見ればすむことだ。かれはシャンパンをもう一口飲んだ。十二時にマキシムで女と会うことになっていた。とにかくこの闘牛士たちはいったい何者だ？　若造とろくでなしばかり。ろくでなしの一団だ。かれはメモ用のノートをポケットにしまい、マヌエルのほうを見た。マヌエルはぽつんとアレナに立ち、暗く広い客席の高くて見えないボックス席に向かって、帽子を手に持って挨拶していた。牛はアレナの隅に静かに立っていた。牛の目は何も見ていなかった。

「この牛を座長殿、そして世界で一番聡明で寛大なマドリードのみなさまに捧げます」マヌエルが言ったのはそういう言葉だった。それは決まり文句だった。かれは全部言った。それは夜間興行の通例としては少しだけ長すぎた。

暗がりのなかでお辞儀をし、し終わった後、肩越しに帽子を投げた。そして左手にムレタ、右手に剣を持ち、牛に向かって歩きだした。

マヌエルは牛を目指して歩いた。牛はかれを見た。牛の目の動きは機敏だった。マヌエルは左の肩から垂れさがるバンデリリャを確かめ、スリトの槍の痕から流れつづける血の耀きに目をやった。かれは牛の脚がどうなっているかに注目した。歩を進めながら、左手にムレタ、右手に剣を持ちながら、かれは牛の脚を注意して見た。牛は脚を揃えなければ走れなかった。いま四本の脚は広がって四角形を作り、けだるそうだった。

マヌエルは脚を見ながら近づいていった。まったく良好だった。やりとげられそうだった。角をよけて間合いを詰め、殺すために牛の首を下げさせなければならなかった。剣のことは考えなかった。牛を殺すことは考えなかった。かれは一度にひとつのことを考えた。けれどもつぎに待っているさまざまなことに少し気が重くなった。歩きながら牛の脚をたしかめ、つづいて目を見て、濡れた鼻を見て、大きく広がって前に突きだした角を見た。目のまわりの毛の色は薄かった。牛の目はマヌエルを観察していた。牛は白い顔をした小さなものを捻りつぶせると思っているようだった。

マヌエルは立ちどまって剣で赤いムレタを広げていた。剣を左手に持ちかえ、先をムレタの端に引っかけ、赤いフランネルのムレタを船の三角帆のように広げていた。マヌエルは角の先に注目していた。片方が防護柵にぶつかったせいで裂けていた。もう一方は山荒《やまあらし》の針のように鋭かった。マヌエルはムレタを広げながら、角の根元の白い部分に血がにじんでいることに気がついた。そうして、目を配っているあいだ、かれは牛の脚から注意をそらさなかった。牛はじっとマヌエルを観察していた。

牛はいま守りの態勢に入っているとマヌエルは思った。力を蓄えていた。その状態から引きずりだし、首を下げさせなければならなかった。首を下ろさせたままにしなければならなかった。スリトは一度首を下げさせた。けれど、いまは復活していた。動きまわらせると血を流すだろう。そして首はまた低くなるだろう。

左手に握った剣でムレタを牛の前に大きく広げ、かれは牛に呼びかけた。

牛はかれを見た。

かれは侮蔑的に胸を反らし、広げたフランネルを閃かせた。

牛はムレタを見た。それはアーク灯の光の下で鮮やかな深紅に見えた。牛の脚のあいだが狭まった。

突っこんできた。風を切る音とともに。マヌエルは牛が突進してきた瞬間、旋回し、ムレタを持ちあげた。それは牛の角の上を通り、広い背中と尻尾を撫でた。牛の突撃は空気を突いただけに終わった。マヌエルはその場を動いていなかった。

突進の勢いがつきた牛は方向転換する猫のように半回転し、マヌエルと正対した。牛はまた攻撃的になっていた。鈍重な感じが消えていた。新しい血が光りながら肩を伝って、脚を伝って流れていることにマヌエルは気づいた。かれはムレタから剣を引きぬき、右手に持ちかえた。そしてムレタは左手で持って低く構えた。上半身を左に傾けた体勢で、かれは牛に呼びかけた。牛の脚のあいだの距離が縮まり、視線がムレタに据えられた。突っこんでくる。かれはそう思った。さあ、こい。

突進してきた時、かれは回転した。足の位置を固定したままムレタを閃かせると、逆の手にある剣も回転し、剣の上に点じたアーク灯の光も弧を描いた。

技《パセ》が成功したので胸の技《パセ・ド・ペチヨ》に移ろうとムレタを上げた時、牛がまた突っこんできた。牛は足を固定させたかれの胸元、掲げられたムレタの下を通った。マヌエルはかちゃかちゃと鳴るバンデリリャの柄を避けるために上体をしならせた。熱く黒い牛の体が通りすぎる時に胸に触れた。

こいつは近すぎる。マヌエルは思った。スリトはケープを持ってマヌエルのほうに急ぐジプシーに早口で何か言った。それから帽子を引きおろし、アレナのマヌエルを見た。マヌエルはふたたび牛と向きあい、ムレタを低く左に構えていた。牛はムレタを見ると頭を下げた。

「もしあれをやったのがベルモンテだったら、みんな熱狂しただろうな」レタナの部下が言った。

スリトは何も言わなかった。かれはアレナの中央にいるマヌエルをじっと見ていた。

「ボスはあいつをどこで掘りだしてきたんだ?」レタナの部下が尋ねた。

「病院からだ」スリトが答えた。

「そこがあいつの向かってる場所だな、まっしぐらだ」レタナの部下は言った。スリトがその顔を見た。

「木を叩け」かれは防護柵を指さして言った。

「ちょっと冗談を言っただけだよ、なあ」

「木を叩け」

口にした言葉を取り消すために、レタナの部下は身を乗りだして柵を三度叩いた。

「ファエナを見ろ」スリトが言った。

アレナの中央、ライトの下、マヌエルは自らの動きを封じるためにひざまずき、牛に正対していた。両手でムレタを掲げた瞬間、牛が尻尾を立てて走りこんできた。

マヌエルは体をひねってかわした。そして牛がもう一度突っこんできた時、半円を描くようにムレタを翻し、牛に膝をつかせた。

「ああ、あいつは偉大な闘牛士だ」レタナの部下が言った。

「いや、そうじゃない」スリトが答えた。

マヌエルは立ちあがり、片手にムレタを、もう一方に剣を持ち、暗い客席からの喝采に応えた。

牛は膝をついた状態から懸命に立ちあがり、いまは待っていた。首を低く垂れていた。スリトはそこにいた若いクゥドリリャのうちのふたりに声をかけ、ふたりはマヌエルの背後を固めるためにケープを持って走りでた。マヌエルの後ろにはいま四人いた。エルナンデスはマヌエルがムレタを持って出た時からかれを助けていた。フエンテスは立って見守っていた。ケープは胸に押しあてられていた。背が高く、静かで、倦んだような目で眺めていた。ふたりがマヌエルの背後に到着した。エルナンデスは両側にひとりずつつくように仕草で示した。マヌエルはひとりで立っていた。牛を見ながら。

マヌエルは手を振ってケープを持った男たちを下がらせた。用心深く後退する男たちはマヌエルの顔が白く、汗が浮いているのを見た。

下がって待つことも知らないのか？　牛の足が止まって、準備ができたっていうのに、ケープで牛の目を惹きつけようってつもりか？　心配すべきことはそういうこと以外にも山ほどあった。

牛は立っていた。脚は広い四角形を作っていた。ムレタを見ていた。マヌエルは左手のムレタを畳んだ。牛の目はその動きを見ていた。脚の上に乗った胴体はいかにも重そうだった。頭を下げていた。しかし、望んでいるほどの低さではなかった。

マヌエルはムレタを牛に向かって掲げた。牛は動かなかった。ただ目だけが追った。

牛は鉛でできているみたいだ、とマヌエルは考えた。牛は具合がいいものになった。予定通りに仕上げられた。自分は仕留められるだろう。

かれは闘牛の言葉で考えた。時々、ある考えが浮かび、そしてそれに対応する言葉が頭に浮かばないということがあった。だからかれはその考えを理解できなかった。本能と知識は自動的に働いた。そして脳はゆっくりと働いた。言葉で考える時は。かれは牛については何でも知っていた。牛について考える必要はなかった。正しいことをするだけだった。かれの目は物事を見て、体は思考なしに必要な処置を実行した。もしそれについて考えていたら、かれは死んでいただろう。

いま、牛に向きあいながらかれは同時にいくつものことを意識していた。二本の角があった。一方は割れ、一方は滑らかで鋭利だった。牛の左の角にたいして横になって立つ必要があって、自分の体を一瞬に一直線に投げだすべきで、牛を低い体勢で飛びこませるためにムレタを低く保たなければならなかった。それに角に触れないようにして、首の後ろにある五ペセタ硬貨くらいの大きさの部分に深く剣を刺さなければいけなかった。牛の左右の肩の急な傾斜のあいだにあるそこに。かれはその全部をやり遂げなければならなかった。そしてその後、角のあいだから脱出しなければならなかった。かれはそうしたことすべてをやらなければならないことを意識していた。けれどかれの唯一の思考は言葉で言えば一瞬に一直線に《コルト・イ・デレチョ》だった。

一瞬に一直線に《コルト・イ・デレチョ》、かれは考えた。ムレタを巻きながら。速く真っ直ぐに。一瞬に一直線《コルト・イ・デレチョ》に。かれはムレタから剣を引きだした。割れた角にたいして横になって立った。そしてムレタを牛に向けた。だから右手で持って目の高さに掲げた剣は、ムレタと十字を描く形になった。かれは爪先立ちになり、切っ先を下に傾けた剣に目を寄せ、狙いをつけた。牛の肩のあいだの筋肉の小山に。

一瞬に一直線に《コルト・イ・デレチョ》、かれは牛に飛びかかった。

　衝撃があり、自分の体が宙に舞うのが分かった。空中でかれは剣を突きだした。しかし剣は手から弾き飛ばされた。マヌエルは背中から地面に落ち、牛が覆いかぶさってきた。マヌエルは上靴を履いた足で牛の鼻面を蹴った。蹴って、蹴って、蹴りまくった。牛はマヌエルを突こうとしたが、興奮のため狙いがそれ、マヌエルに当たるのは額で、角のほうは砂にめりこんだ。ボールを蹴って空中に維持する人のように鼻面を蹴りながら、マヌエルはまともに角で突かれるのを避けつづけた。

　風があった。それは背後で牛に向かって振られるケープが起こしたものだった。牛はケープめがけて走りだした。マヌエルを跳びこえて突進した。牛の腹が通りすぎた瞬間、暗くなった。踏みつけさえされなかった。

　マヌエルは立ってムレタを拾いあげた。フエンテスが剣を渡した。剣は牛の肩に当たったところで曲がっていた。マヌエルは膝に当てて真っ直ぐに戻し、牛に向かって走った。牛はいま死んだ馬の一頭のかたわらに立っていた。走ると上着の脇の引き裂かれた部分がはためいた。

「そこから引きはがしてくれ」マヌエルはジプシーに向かって叫んだ。牛は死んだ馬の血の匂いを嗅ぎつけて、上にかぶせた厚布を角で突《つつ》いていた。それから牛はフエンテスのケープを追った。裂けた角に厚布が引っかかっていた。観客が笑った。アレナをだいぶ走ってから、厚布を取るために牛は首を振った。エルナンデスは走って行って牛の背後に立ち、厚布の端を掴んで持ちあげ、手際よく角から外した。

　牛は布に向かって中途半端に突進し、それから止まった。牛はふたたび守りの態勢に入った。マヌエルは剣とムレタを持って、牛に近づいた。ムレタを目の前で振ってみた。牛は動こうとはしなかった。

　牛に向かって横向きになり、切っ先を下にして構えた剣の刃に目を近づけた。牛は動かなかった。立ったまま死んでしまったようで、突進などもうできないように見えた。

　マヌエルは爪先立ちになり、刃に沿って狙いをつけ、飛びかかった。

ふたたび衝撃があり、自分が勢いよく空中に戻ったことが分かった。砂の地面にしたたかに打ちつけられた。今度は蹴る機会はなかった。牛はすぐ上にいた。マヌエルは俯せになって死んだようにじっとしていた。両腕で頭を覆った。牛の額が当たった。背中に当たり、半分砂に埋まった頭に当たった。頭を覆った腕のあいだを角が擦りぬけて砂に突き刺さった。牛の額が腰に当たった。顔が砂のなかにめりこんだ。角は片方の袖を突きぬけ、袖は千切れた。マヌエルは蹴散らされ、牛はケープを追った。

マヌエルは起きあがった。剣とムレタを見つけ、試しに剣の切っ先を親指に突きたててみた。それから新しい剣を受けとるために柵に向かって走った。

レタナの部下が防護柵越しに剣を渡した。

「顔を拭いて」かれは言った。

牛に向かって走りながら、血に濡れた顔をハンカチでぬぐった。スリトの姿が見えなかった。スリトはどこに行ったのだろう？

クゥドリリャたちは牛から距離をとり、ケープを手に待っていた。牛はじっと立っていた。活動の後で鈍重になっていた。

マヌエルはムレタを持って牛に近づいた。立ちどまり、閃めかせてみた。牛は何の反応も示さなかった。鼻先でムレタを右に左に、左に右に振ってみた。牛の目はそれを追って、顔を動かした。しかし攻撃してはこなかった。牛はマヌエルを待っていた。

マヌエルは悩んだ。突っこむしかなかった。一瞬に一直線に《コルト・イ・デレチョ》。かれは牛に近よって横向きになり、広げたムレタを牛に向けて、飛びこんだ。剣を突き刺した瞬間、牛の角を避けるために、左に体を逃がした。牛は通りすぎ、剣は宙を舞い、アーク灯の光をきらきらとはねかえした。赤い柄《つか》の剣は砂の上に落ちた。

マヌエルは走りよって、剣を拾いあげた。曲がっていたので、膝に当てて、真っ直ぐにした。

また根を生やしたようになった牛のほうに走って向かう時、ケープを持って立っているエルナンデスの前を通った。

「全身、骨なんだな」子供のような若者は励ましの口調で言った。

マヌエルはうなずき、顔を拭った。血だらけのハンカチをポケットに戻した。

牛がいた。牛はいま柵の近くにいた。くそったれ野郎め。たぶん体中が骨なんだろう。剣が入りこむところはないのだろう。いや、ないってことは絶対にない。みんなにそれを見せてやる。

ムレタを振ってみたが、牛は動かなかった。目の前で前後に細かく動かした。少しも動かない。

ムレタを畳んで、剣を抜き、横を向いて、飛びかかった。剣を突き刺して体重を掛けた時、剣が曲がるのを感じた。それから剣は高く舞いあがり、柄を先にして観衆のなかに飛びこんだ。剣が弾かれた時、マヌエルは素早く身をかわしていた。

最初に投げられた座布団はかれに当たり損ねた。それから観客席を見あげたその顔にひとつが当たった。座布団はいくつも降ってきた。勢いよく降ってきた。砂の上に点を作っていた。近いところから誰かがシャンパンの空瓶を投げこんだ。瓶はマヌエルの脚に当たった。かれは暗闇を見て立っていた。物がやってくるそこを。それから風を切る音がして、何かが近くに落ちた。マヌエルは屈んでそれを拾いあげた。自分の剣だった。かれは曲がった剣を膝に当てて真っ直ぐにし、それを手に観客に向かってお辞儀をした。

「ありがとう」かれは言った。「ありがとう」

くそったれども。くそったれなやつら、けちなくそったれども。かれは座布団を蹴って走った。

牛がいた。前と同じだった。いいだろう、くそったれめ。けちなくそったれめ。

マヌエルは牛の黒い鼻面の前で、ムレタを振った。

少しも動かない。

そうだろう、まあいい。かれは近寄ってムレタの棒の尖った尖端を、牛の湿った鼻先に押しつけた。

飛びすさって、座布団の上でよろけた時、牛はすぐそこにいて、角が体のなかに、脇腹に入ってくるのが分かった。かれは両手で角を摑み、そのまま後ろ向きに運ばれた。そこにしがみついたまま。牛はマヌエルを放りなげ、かれは解放された。マヌエルはじっと横になっていた。だいじょうぶだった。牛は行ってしまった。

咳きこみながら立ちあがり、自分が傷を負い、弱くなっていることを感じた。くそったれども め。

「剣をくれ」かれは叫んだ。「得物をくれ」

フエンテスがムレタと剣を持ってやってきた。

エルナンデスが腕を体に回してきた。

「医務室に行ったほうがいい」かれは言った。「ばかな真似はしないほうがいい」

「触るな。おれに触るな」

マヌエルは身をよじってエルナンデスの腕から逃れた。エルナンデスは肩をすくめた。マヌエルは牛のほうに走りはじめた。

牛はそこに立っていた。鈍重に、砂に深く根を生やしたように。

上等だ、くそったれめ。マヌエルはムレタから剣を引きだし、同じ動きで狙いをつけ、牛に飛びかかった。剣は深く沈んだようだった。つばまで完全に。四本の指と親指が牛の体の内側に入りこんだ。温かい血が拳を濡らした。マヌエルは牛の背に乗っていた。

かれはそのまま牛の背に乗り、牛はよろめいた。牛の体が崩れていくように思えた。それからかれはひとりで立っていた。牛がゆっくりと自分のほうに倒れた。四本の脚が地面を離れた。

それからかれは観客に向かってお辞儀をした。手が牛の血で汚れていた。上等だ、くそったれどもめ。かれは何か言いたかった。けれど咳が出た。熱くて息苦しかった。かれはムレタを見おろした。進みでて座長に挨拶しなければならなかった。座長なんてくそくらえだ。かれは漠然と目の前にあるものを見た。それは牛だった。脚が宙にあった。厚い舌が外に出ていた。腹のあちこちを這い、脚のほうに進むものがあった。毛の薄いところを這って。死んだ牛。牛なんかくそくらえだ。あいつらなんか、くそくらえだ。かれは立ちあがろうとして、咳きこみはじめた。またすわった。咳きこみながら。誰かがやってきて立たせてくれた。

大勢がアレナを横切ってかれを医務室に運んだ。砂の上を走って運び、騾馬たちがアレナに入るので、ゲートのところでは止まり、それから暗い廊下を抜け、階段を上る時に唸り、それからかれを下ろした。

白衣を着た医者とふたりの男が待っていた。三人はかれを施術台の上に横たえた。シャツが切られた。マヌエルは疲れていた。胸の内側が煮立っているような気がした。かれは咳きこみはじめ、口のなかに何かが詰められた。みんな忙しくしていた。

電球がひとつ見えた。かれは目を閉じた。

誰かがとても重い音を立てて階段を上がってきた。それからその音が聞こえなくなった。遠くに音が聞こえた。観客の声だった。ああ、誰かが自分の分のもう一頭を殺さなければならないのだろう。シャツはすべて切り裂かれていた。医者がかれに向かって微笑んだ。レタナがいた。

「やあ、レタナ」マヌエルは言った。かれはレタナの声が聞こえなかった。

レタナが微笑んで何か言った。マヌエルはそれを聞くことができなかった。

スリトは施術台の横に立っていた。腰を曲げて医者の手元を覗きこんでいた。かれはピカドールの衣装のままで、帽子はかぶっていなかった。

スリトがかれに何かを言った。マヌエルにはその声は聞こえなかった。

スリトはレタナに向かって喋っていた。白衣の男のひとりが微笑んで、レタナに鋏を渡した。レタナはそれをスリトに渡した。スリトがマヌエルに何か言った。かれはそれを聞くことができなかった。

くそったれの施術台。かれはこれまで何台ものそれに乗ってきた。自分は死ぬのではなかった。もし死にかけているのなら、坊主がいるはずだった。

スリトがかれに何か言っていた。鋏をかかげながら。

そうか、弁髪を切るつもりなんだ。自分の弁髪を切るつもりなんだ。

マヌエルは診察台の上で上体を起こした。医者が怒ってまた寝かせた。誰かが体に手を掛けて押さえつけた。

「そんなことはできるもんじゃないぞ、マノス」

かれは突然スリトの声を鮮明に聞いた。

「ああ、だいじょうぶだ」スリトは言った。「やらない。冗談だ」

「おれはうまくやった。おれには運がなかった。それだけだ」

マヌエルはまた横になった。顔の上に何かが置かれた。それはお馴染みのものだった。

かれは深く息を吸った。とても疲れていた。とてもとても疲れていた。それが顔から取りのけられた。

「おれはうまくやった」マヌエルは力のない声で言った。「おれはすごくうまくやった」

レタナはスリトを見て、それからドアに向かった。

「一緒にいる」スリトは言った。

レタナは肩をすくめた。

マヌエルは目を開けて、スリトを見た。

「おれはうまくやらなかったか、マノス」自分の言葉が正しいことを知りたくてかれは尋ねた。

「ああ」スリトは言った。「おまえはうまくやった」

医者の助手が顔の上に円錐形のものを置き、かれは深く息を吸った。スリトは当惑しながら立っていた。見おろしながら。

密告

音楽がなく、若い女たちもいなかったらの話だが、あの頃のマドリードのチコーテの店は、ストークによく似たところだった。でなければ、男しか入れないウォルドーフのバーが、女たちを迎えたとしたら、そうなるようなところだった。言うまでもなく、若い女たちはやってきた。けれどそこは男たちの場所だった。女は重んじられなかった。ペドロ・チコーテが経営者で、チコーテの性格はバーの経営者向きの性格のひとつにあてはまった。かれは偉大なバーテンダーであり、つねに愉しげで幸福そうだった。そして人を惹きつける力を大量に具えていた。人を惹きつける力というものは、いまではごくまれなものになっているし、長く維持できる者はとても少ない。またそれは計算で作られるようなものとは明らかに違うものだ。ペドロ・チコーテはその力を持っていた。それは偽物でもなく、見せかけでもなかった。またかれは誠実で率直で親切だった。かれは実際快活で気持ちのよい人間で、しかもパリのリッツのバーでボーイを務めていたジョルジュのように、信じがたいほど能率的だった。その類似はあまりに説得力があり、周囲の誰を引っぱりだしてきても、とうてい敵しえないものである。そしてペドロ・チコーテは素晴らしいバーを経営していた。

あの頃、マドリードの若い金持ち連中のうちで、スノッブを気取る者たちは、みんなヌエボ・クラブという店に通い、気のいい者たちはチコーテにたむろした。チコーテの客は多く、わたしはそのことが気にいらなかった。それはたとえばストークについて感じるような気持ちと同じだった。けれどもわたしはチコーテにいて楽しくないと思ったことは一度もなかった。ひとつの理由として、あそこでは誰も政治の話をしないということがあった。政治の話をするために行くカフェというのはたくさんあるが、チコーテでは政治の話はしないですますことができた。そしてほかの五つの話題についてたくさん話すことができた。夜になると街で最高に見栄えのする若い女たちがやってきた。チコーテは夜をはじめるための場所だった。まさにそのための場所だった。そしてわたしたちはみんなそこから何度か素晴らしい夜をはじめた。

それからチコーテは誰が街にいるのか知るための場所だった。あるいは街から出ているとしたらどこに行ったかを知るための。そして季節が夏だったら、そして街に誰もいなかったら、そこに腰を落ち着けて飲み物を楽しむことができた。なぜならウエイターたちはみんな喜ばしい者だったからだ。

きみだけが何にたいしてても金を払わなくてもよく、女も拾えるクラブ、そこはそんなところだった。チコーテは間違いなくスペインで一番のバーだった。わたしは世界で最高のバーのひとつだったと思う。そしてそこにたむろしていたわたしたちはみんなあの店に多大な愛情をいだいていた。

飲み物が素晴らしいことも重要だった。マティニを頼むと出てくるのは金で都合がつくかぎり最高のジンを使ったものだった。そしてチコーテにはウイスキーの樽があったが、それはスコットランドから取り寄せたもので、広告でよく見かける銘柄より何倍も上等で、それに比べたら普通のスコッチが哀れになるようなものだった。それはともかく、内戦が起こった時、ペドロ・チコーテはサン・セバスチャンにいて、避暑客向けの店を開いていた。かれはまだそこをやっている。そしてみんなフランコ政権下では最高のバーだと言っている。ウエイターたちはマドリードの店を引き継ぎ、いまもつづけている。けれどもいいリキュールはいまではもうみんな失くなってしまった。

チコーテの昔の常連のほとんどはフランコ側についていた。けれどいくらか政府を支持している者もいた。そこはとても気持ちのよい場所で、気持ちのよい人間という者はたいていもっとも勇敢な者で、もっとも勇敢な者というのは最初に死ぬので、チコーテの昔の常連の大部分はいまはもう死んでいた。樽のウイスキーは何箇月も前に失くなり、一九三八年の五月になった頃、わたしたちはイエロー・ジンの最後の瓶を飲み干していた。チコーテには出向いて行くほどのものはもうほとんどなかった。いまわたしは考える。ルイス・デルガドがもしもう少し後にやってきたとしたら、かれはチコーテに近づかず、厄介事に巻きこまれなかったのではないだろうか。しかしかれがマドリードにやってきたのは、一九三七年の十一月だった。店にはまだイエロー・ジンが残っていたし、インディアン・キニーネ・ウォーターも残っていた。それらには命をかけるほどの価値はない。だからかれはたぶん馴染みの場所で一杯飲みたかったのだと思う。デルガドを知っていて、そして往時のあの場所を知っていたなら、それは完全に理解できることだ。

その日、大使館で牛を潰したということだった。わたしたちのために十ポンド取りわけてあると、わざわざ守衛がホテル・フロリダに電話をしてきた。わたしは肉を取りにいくため、宵闇を掻きわけて冬のマドリードの街を大使館に向かった。大使館の門の両側には椅子が出してあり、それぞれにライフルを抱えた警官がすわっていた。肉は守衛の詰め所で待っていた。

守衛は切りわけた肉はすごくいいものだが、牛は痩せていたと言った。厚い毛織りの上着のポケットから、炒ったひまわりの種とどんぐりを何個か取りだして守衛に渡し、大使館の私道脇の詰め所の前で、わたしたちは砂利を踏みしめながら冗談を言いあった。

わたしは重い肉を小脇に抱えて街を横切ってホテルに向かった。けれど大通り《グラン・ビア》は砲撃を受けていたので、わたしはそれをやりすごすためにチコーテに寄ることにした。チコーテは混んでいて、騒がしかった。わたしは砂袋の小山に護られた窓際の小さなテーブルに着き、肉を長椅子に置き、ジン・トニックを飲んだ。その週、店にまだトニック・ウォーターがあることをわたしたちは発見していた。戦争がはじまってから誰もそれを注文した者はなく、内戦前と価格は同じだった。夕刊はまだきていなかった。だからわたしは歳取った女から党が発行している冊子を三種類買った。それは一冊十センタボで一ペセタを渡して釣りをとっておくように言った。女は神がわたしを祝福してくれるだろうと言った。老女の言葉を疑いながら、わたしはそれを読み、ジン・トニックを飲んだ。

顔見知りのウエイターがテーブルにやってきてわたしに耳打ちした。

「いや」わたしは言った。「それは信じられない」

「ほんとうなんです」かれは言った。トレイを一方に傾け、顔も同じ方向に向けた。「見ないでください。そこにいる」

「おれには関係ないことだな」

「わたしにも関係ないです」

ウエイターは立ち去って、わたしはもうひとりの老女から刷りあがったばかりの夕刊を買い、紙面に目を走らせた。ウエイターが言っていた男については、疑問の余地はなかった。ウエイターもわたしもかれのことはよく知っていた。わたしがその時思ったのは、かれはばか者だということだけだった。前代未聞の大ばか者だった。

　ちょうどその時、ギリシア人同志がテーブルにやってきて、前にすわった。かれは第十五旅団の旅団長で、四人が犠牲になった空爆で生き埋めになり、ようすを見るために病院に送られ、その後、療養所か何かそんな施設に送られたはずだった。

「どうだい、ジョン」わたしは尋ねた。「何か飲むか」

「それは何ていう飲み物だ。エマンズさん」

「ジン・トニックだよ」

「どういう種類の強壮剤《トニック》なんだ？」

「解熱薬《キニーネ》だ。一杯やってみろよ」

「いいね、おれはあまり飲まないが、キニーネは熱病にとてもいい。ちょっと飲んでみよう」

「医者は何て言ってるんだ？」

「医者にかかる必要はない。だいじょうぶ。ただいつも頭のなかに虫が飛んでるような音がするだけ」

「医者に行ったほうがいい、ジョン」

「おれはだいじょうぶ。けど、医者にはそれが分からない。医者は収容するには書類が必要だって言ってる」

「電話してやるよ。あそこの連中は知ってる。医者はドイツ人か」

「そう、ドイツ人だ。英語があまりうまくない」

ちょうどその時、さっきのウエイターがやってきた。かれは歳を取って、頭が禿げあがり、仕事の仕方がとても昔風で、それは戦争によってても変わらないものだった。ウエイターはとても悩んでいた。

「息子が前線にいるんです」ウエイターは言った。「もうひとりの息子は死にました。それで、いったいこのことをどうすればいいのか」

「それはきみが考えるべきことだ」

「あなたはどうなんですか。もうわたしは伝えました」

「おれは食事の前に一杯飲むためにここへきただけだ」

「それで、わたしはここで働いてます。何か言ってください」

「きみが考えるべきことだよ」わたしは言った。「おれは政治家じゃない」

「ジョン、スペイン語は分かるか」わたしはギリシア人同志に尋ねた。

「いや、ほんの少し分かるだけ。けど、ギリシア語と英語とアラビア語は話せる。前はアラビア語をうまく話せた。おれがどんなふうに生き埋めになったか知ってるか」

「いや、生き埋めになったってことだけだ。それしか知らない」

ジョンは浅黒く、整った顔立ちをしていて、手の色もとても黒く、話す時にそれをしきりに動かした。ジョンはどこかの島からやってきて、いつも熱意をこめて話した。

「ああ、じゃ、いま話す。おれが戦争に関してはずいぶん経験を積んでいることは知ってるだろう。前はギリシア軍で大尉だった。おれはいい兵士だ。で、フエンテス・デル・エブロの塹壕にいて飛行機が飛んできた時、おれは間近で見た。飛行機がやってくる。機体を傾けて、こんなにふうに方向転換して（ジョンの両手は傾き、方向転換した）おれたちを見おろす。おれは言う。『ああ、あれは参謀本部の命令できたんだ。偵察だ。すぐにほかのがやってくる』

で、言ったように、ほかのがやってくる。おれはそこに立って見張ってた。すごく近くで。それで空を見て、どんなふうになってるかみんなに教えてやった。三機の編隊がふたつくる。前に一機、後ろに二機の編隊。最初のは通り過ぎる。それで、おれはみんなに言う。『見たか、最初の編隊は行っちまう』後ろのほうの編隊も通り過ぎていった。おれは言った。『だいじょうぶだ。もうだいじょうぶ。今回はもう心配ない』それを最後に二週間の記憶がない」

「それはいつのことだ」

「だいたいひと月前だ。それで、爆撃されて埋まった時、鉄兜が顔の上にかぶさった。だから、おれは掘りだされるまで、鉄兜のなかの空気を吸った。それについては何も知らないが。でも、おれが吸った空気は爆発した時の空気だった。だからそれで長いあいだ具合が悪くなった。けれどいまはだいじょうぶ。ただ頭のなかでぶんぶん音がするだけだ、この酒は何て言うんだ？」

「ジン・トニック。シュウェップス・インディアン・トニック・ウォーター。ここは戦争前はとても高級な店だったんだ。そしてこの酒は五ペセタだった。一ドルがたった七ペセタだった時に。おれたちはトニック・ウォーターがまだ残っているのを発見したばかりだ。この店はこれを昔と同じ値段で売っている。戦争前から変わらない唯一のことだ。もう一箱しか残っていないらしいが」

「これはすごくいい飲み物だ。教えてくれ。この街は戦争前はどんな街だったんだ？」

「いいところだった。いまと同じだ。食べるものがたくさんあったこと以外は」

例のウエイターがきて、テーブルの上に身を屈めた。

「もしわたしが何もしなかったらどうなるでしょう」ウエイターは言った。「これはわたしの義務です」

「そう思うんだったらこの番号に電話をしたらいい。書き留めるんだ」

かれは番号を書き留めた。「ペペを呼びだせばいい」

「あの人を悪く思っているんじゃないんです」ウエイターは言った。「でも、理由はある。ああいう人間はわたしたちの運動にとって危険じゃないですか」

「ほかのウエイターは気がついているのか」

「だと思います。でも誰も何も言わない。あの人は昔からの客です」

「おれも昔からの客だ」

「では、あの人もいまはわたしたちの側にいるのかもしれませんね」

「いや」わたしは言った。「おれの知るかぎりじゃそうじゃない」

「いままで誰かを密告したことはありません」

「それはおれには関係がない。たぶんほかのウエイターの誰かが密告するだろう」

「いや、長く働いている者しか、あの人を知りません。そして長く働いている者は密告しません」

「イエロー・ジンをもう一杯頼む。ビターズも少し」わたしは言った。「トニック・ウォーターはまだ壜に残ってる」

「ウエイターは何を話してたんだ?」ジョンが尋ねた。「ほんのちょっとしか分からない」

「ふたりとも知っている人間がきているんだ。その男は優秀なクレー射撃手だった。射撃の競技会でよく顔を合わせた。そいつはファシストでここに顔を見せるのはどんな理由があっても、ばかなこととしか言いようがない。けどそいつはいつもものすごく勇敢で、ものすごくばかな真似ばかりしてた」

「どの男だ」

「ビラが置いてあるテーブルにいる男だ」

「どれだ」

「茶色の顔の男だ。片目に眼帯をしてる。いま笑った」

「あいつはファシストなのか」

「そうだ」

「こんな近くからファシストを見るのはフエンテス・デル・エブロ以来だ。ここにはファシストが多いのか？」

「けっこういる」

「あんたと同じものを飲んでる。おれたちも同じものを飲んでる。ほかの人間はおれたちをファシストだと思うんじゃないか？　そうだ、南アメリカにいたことがあるのは話したたか。チリの西海岸のマガヤネスだ」

「いや」

「そうか、オクトゥパスがあんまり多すぎる」

「何が多すぎる？」

「オクトゥパスだ」ジョンは真ん中にアクセントをつけて発音した。「脚が八本ある」

「ああ、蛸《オクトパス》か」

「オクトゥパス」とジョンは言った。「おれは潜水夫もやってた。あそこはいいところで、金がたくさん入った。ただ、オクトゥパスがあんまり多すぎた」

「蛸がいると困るのか?」

「どうなんだろうな。はじめてマガヤネスで潜った時、おれはオクトウパスを見た。オクトウパスは脚を伸ばして立ってた。こんなふうに」ジョンはテーブルの上に両手を置き、指を伸ばして脚と思しいものを作った。そして同時に肩をそびやかし、眉を吊りあげた。「そいつはおれより背が高くなって、まともにこっちを見た。おれは大急ぎでロープを引っ張って引きあげの合図を送った」

「そいつはどれくらい大きかったんだ、ジョン」

「はっきりとは言えないな。潜水帽のガラスってのは少し歪んで見えるから。けど、頭の大きさは四フィート以上あった。それにそいつは人間が爪先立ちするみたいに立って、おれをこんなふうに見た(ジョンはわたしを睨んだ)。水から出ると、みんなは潜水帽を取ってくれて、それでおれは言った。もう下には行きたくないって。仕事仲間は言った。『どうしたんだ、ジョン、おまえがオクトウパスをこわがるより、オクトウパスのほうがおまえをこわがってるはずだ』だからおれは『ばか言え』って言い返したんだ。このファシストの飲み物をもう少しやるってのはどうだ?」

「いいな」

わたしはテーブルの男に注意をしていた。その男の名前はルイス・デルガドといった。最後に会ったのは一九三三年で、場所はサン・セバスティアンの射撃場だった。その年のクレー射撃大会の決勝をわたしはかれと一緒にスタンドの一番上に立って観ていた。そしてあの年、わたしは自分が負担できる以上の金を賭けた。そして、かれのほうはさらに痛手になるはずの額の金を負けるほうに賭けた。そして階段を降りながらそれを払った時のかれがとても愉快そうで、支払うことを偉大な名誉だと思っているように見えたことをわたしは思いだした。それからバーで立ったままマティーニを飲んだことも思いだした。わたしはその時、心のうちで深い安堵感を覚えた。それは賭けに勝って苦境を脱した時に誰もが感じるような気持ちだったと思う。そしてわたしは賭けがかれにどのくらい打撃を与えたのか考えた。その一週間わたしはまずい射撃に明け暮れた。デルガドのほうは優雅に射撃をした。しかしデルガドのクレーはいつもとんでもない飛び方をした。かれはつねに自分に賭けつづけた。

「銀貨で賭けをやらないか」デルガドが尋ねた。

「本気か」

「ああ、あんたにやるつもりがあるんだったら」

「いくら賭けるんだ」

デルガドは札入れを出して、なかをあらため、それから声を上げて笑った。

「あんたの望む額でいい」かれは言った。「けど、八千ペセタでどうだ。財布のなかにはちょうどそれくらいあるようだ」

その頃で千ドル近い金だった。

「それでいい」わたしは言った。内側にあった深く穏やかな感覚はその時、去った。賭博の虚無感が戻ってきた。「どっちが開けるんだ？」

「おれが開ける」

わたしたちはそれぞれ重い五ペセタ銀貨を合わせた両手のなかで揺すった。それから左手の甲にそれを乗せ、右手で覆った。

「あんたのは？」デルガドが尋ねた。

わたしは右手をどけて、幼いアルフォンソ十三世の横顔を見せた。

「表だ」

「このろくでもないものを取って、まともな人間らしくおれに一杯おごれ」かれは札入れのなかのものを全部取りだした。「パーディー社の銃を買いたいと思わないか、どうだ」

「要らない」わたしは言った。「けど、ルイス、もし金が必要だったら――」

わたしは折り畳んだ、厚くまだ真新しい緑の千ペセタ札をすべてデルガドに向かって差しだした。

「ばかなことをするなよ、エンリケ」かれは言った。「おれたちは賭けをやったんだ。そうじゃないか？」

「そうだ。けど、おれたちはよく知っている間柄だ」

「そこまでじゃないさ」

「分かった。決めるのはあんただ。じゃあ、何を飲む？」

「ジン・トニックはどうだ。とんでもない酒だ。知ってるだろうが」

そしてわたしたちはジン・トニックを飲んだ。デルガドに打撃を与えたことではあまりいい気分ではなかったが、金を勝ち取ったことではひじょうにいい気分だった。そしてジン・トニックはそれまでで一番の味に思えた。こういう種類のことで嘘をつく必要はないし、勝利を楽しんでいない振りをする必要もない。しかしルイス・デルガドという男はまったく素晴らしいギャンブラーだった。

「もしみんなが無理のない程度の金しか賭けないんだったら、賭けはあまり面白くはならないだろうな。そう思うだろう、エンリケ？」

「分からない。賭博に遣える金なんて持ったことがないからな」

「ばかなことを言うなよ。おまえは金をたくさん持ってる」

「持ってない」わたしは言った。「持ってないんだ」

「誰もが金を持ってる。何かを売ったりするとか、そんなふうなことをすれば金は手にはいる。それだけのことだ」

「おれはたくさんは持ってないんだ、ほんとうだ」

「ああ、ばかなことを言うな。金持ちじゃないアメリカ人におれは会ったことがない」

たぶんそれはほんとうだったのだろう。あの頃、デルガドがリッツのバーやチコーテといった場所で金のないアメリカ人に会う可能性はなかった。そしてチコーテに戻ってきたいま、そこでかれが会うアメリカ人はこれまで会ったことのない者たちになるはずだった。わたし以外は。そしてわたしに会ったのはひとつの過失だった。けれど、わたしはあそこでかれと会わないためだったら、大金を払ったはずだ。

しかし、もしかれがそういうふうに絶対的に愚かなことをしたいと望むなら、それはかれ自身の問題だった。けれど、テーブルを見て、昔のことを思いだした時、わたしはかれにすまないことをしたと思った。それに保安本部の防諜局の電話番号をウエイターに教えたこともまたすまなく思った。ウエイターは番号案内で尋ねれば望むものは易々と手に入れられた。けれど、わたしは公平であること、公正であることを過剰に重んじて、それに古代ローマのピラト的性格を過剰に発揮し、逮捕につながる一番の近道を教えてしまった。人がある葛藤の下にある時、どのように行動するかを知りたいという、どんな理由があろうと汚れたとしか言いようのない欲望に囚われて。作家をじつに好ましい友人にするその欲求。

ウエイターがやってきた。

「どう思いますか」

「自分だったらデルガドを密告しないだろう」わたしは電話番号を教えた事実をなかったことにしたかった。「けど、おれは外国人だし、この戦いはきみたちの戦いで、きみたちの問題だ」

「でも、あなたはわたしたちと一緒に戦っています」

「完全かつ恒久的にね。しかし、それは古い友達を密告することは含まない」

「でも、わたしの場合は？」

「きみにとっては話が違う」

わたしはそれがほんとうだと知っていたし、ほかに言うことはなかった。ただ最初から何も聞かなければよかったと思っただけだった。

こういう場合に人間がどう行動するかということに関するわたしの好奇心は、ずっと昔に恥ずべき経緯とともに満たされていた。わたしはジョンのほうを向き、ルイス・デルガドのテーブルは見ないようにした。わたしはかれがファシストたちと一年以上一緒に飛行機に乗っていたことを知っていた。そしてかれはここにいた。反フランコ将軍派の制服を着て、フランスで訓練を受けた反フランコ派の最後の飛行士たちのうちの三人と話をしていた。

三人の若い飛行士たちは誰もかれを知らなかった。デルガドは飛行機を盗むとか、そんな仕事のためやってきたのだろうか。どんな理由でここにいるにせよ、いまチコーテにやってきたかれは愚かと言うしかなかった。

「どんな感じだ、ジョン?」わたしは尋ねた。

「いい気分だ」ジョンは答えた。「すごくいい飲み物だ。ちょっとばかり酔っぱらった感じにしてくれるようだ。頭のなかのぶんぶんいう音には効くな」

ウエイターがやってきた。かれはとても興奮していた。

「密告しました」

「そうか」わたしは言った。「ではいまのきみはもう何も問題はないわけだ」

「ありません」かれは誇らしげに言った。「わたしはあの人を密告しました。いま逮捕するためにこっちに向かってきているはずです」

「行こう」わたしはジョンに言った。「これからちょっと厄介なことが起こる」

「じゃ、出たほうがいいな。厄介なことってのはいつもたくさん起こる。どんなに避けようとしたって。いくら払えばいいんだ」

「行ってしまうんですか」ウエイターが尋ねた。

「ああ」

「でも、あなたは電話番号を教えてくれました」

「そうだな。この街に住んでいれば、多すぎるほどの電話番号を知ることになる」

「けど、これはわたしの義務です」

「そうだ。義務じゃないはずがない。義務というものには強い力がある」

「でもほんとうにそう考えますか」

「ああ、いまきみはいいことをしたと思っている。そうじゃないか？　たぶんきみはもう少し経っても同じように思うはずだ。たぶん、そのうちに自分のやったことが気にいるようになるだろう」

「包みを忘れていますす」ウエイターが言った。かれは二枚重ねた封筒に入った肉を渡してくれた。それは大使館のある執務室の雑誌の山の頂きに乗っていた『スパー』が入っていた封筒だった。

「分かってるよ」わたしはウエイターに言った。「ちゃんと分かってる」

「あの人は古い馴染み客で、いいお客さんでした。それにわたしはいままで誰も密告したことはありません。わたしは面白がって密告したわけではありません」

「おれは皮肉になったり、がさつな言い方をするつもりはない。密告したのはおれだとデルガドに言ってくれ。どちらにしてもいまでは政治信条が違うんでデルガドはおれを憎んでいる。もしやったのがきみだと知ったらデルガドはいい気持ちはしないはずだ」

「いや、人は誰しも自分の責任から逃れられるものではないです。でも、あなたは理解してくれるんですね」

「ああ」わたしは言った。それから嘘をついた。「理解しているし、賛成もする」戦時下ではちょくちょく嘘をつかなければならないし、嘘をつく時はできるだけ素早く、できるだけうまくつかなければならない。

わたしたちは握手をし、わたしはジョンと一緒にドアに向かった。外に出る時、わたしはデルガドのすわっているテーブルを見た。デルガドの前には新たに注文したジン・トニックがあり、同席した飛行士たちはかれが口にした言葉に笑っていた。デルガドの顔は陽気で、濃い褐色で、射撃手の目を持っていた。わたしはかれが何になりすましているのだろうかと考えた。

デルガドはチコーテに姿を現すほど愚かだった。けれど、それはいかにもかれがやりそうなことだった。仲間のところに戻った時に、チコーテに顔を出したことは自慢できるはずだった。

ドアを開けて外に出て、歩きはじめようとした時、保安本部の大きな車がチコーテの前に乗りつけ、八人の人間がなかから出てきた。六人は軽機関銃を持っていて、ドアの外で待機の態勢をとった。私服のふたりがなかに入っていった。男がひとりわたしが持っていた紙包みについて訊いてきたので「外国人だ」と言った。行けとその男は言った。何も問題はなかった。

暗いなか、目抜き通り《グラン・ビア》を歩いた。砲撃のせいで舗道には割れたばかりのガラスのかけらが散乱していたし、道は多く瓦礫と化していた。空気中にはまだ煙が残り、通りはどこもかしこも高性能爆薬と粉々になった花崗岩の匂いがした。

「どこで食うんだ?」ジョンが尋ねた。

「おれたちみんなで食うくらいの分がある。これは部屋で料理できる」

「おれが料理する。おれは料理がうまいんだ。昔、船で料理を作ってたことがあって――」

「この肉はかなり固いと思う」わたしは言った。「潰したばかりなんだ」

「いや、戦争中なんだから肉が固いなんて言ってられない」

砲撃が終わるまで映画館のなかに留まっていた人々が、暗闇のなかで帰宅を急いでいた。

「知りあいがいるのに、あのカフェにくるってのは、いったいあのファシストは何を考えてるんだ?」

「そんなことをしてしまうほど気が違ってるんだ」

「それが戦争のひとつの問題点だ。とても多くの人間が気が違ったようになる」

「ジョン、きみはあそこで重要なことを知ったよ」

ホテルに着いたわたしたちはドアを通り、受付のデスクを護る砂袋の山の陰で鍵を受けとろうとした。けれども受付は仲間のふたりが部屋で風呂に入っていると言った。そのふたりに鍵を渡したらしかった。

「上に行ってくれ、ジョン、電話をかけなきゃならない」

電話のボックスに入り、ウエイターに教えた電話番号に電話をした。

「もしもし、ぺぺか？」

薄っぺらい声が電話の向こうから聞こえてきた。「エンリケか？《ケ・タウ・エンリケ》」

「聞いてくれ、ぺぺ、今日チコーテでルイス・デルガドっていう男を逮捕したな？」

「ああ《スイー》、兄弟《オンブレ》、すんなり逮捕した《スイー・スイン・ノベダー》」

「デルガドはウエイターのことを知ってたか」

「いや、兄弟《オンブレ》、知らないようだ」

「じゃ、何も言わないでくれ。デルガドにはおれが密告したと言ってくれ。ウエイターのことは黙ってて欲しいんだ」

「どんな違いがあるんだ？　あいつはスパイだ。銃殺される。ほかの可能性はない」

「知ってる」わたしは言った。「けど、違いはあるんだ」

「おまえの言う通りにする、兄弟《オンブレ》、その通りに。いつ会えるんだ？」

「明日の昼食だ。少しばかり肉が手に入ったんだ」

「その前にウイスキーだ、上々だな、兄弟《オンブレ》、上々だ」

「元気でな《サルー》ぺぺ、ありがとう」

「元気で《サルー》エンリケ、何でもないよ、元気でな《サルー》」

それは奇妙な、まるで死者のような声で、わたしはその声を聴くことにいつまで経っても慣れなかった。しかし、階段を上がっていくあいだに少し気分が持ち直した。

わたしたちチコーテの昔の常連はチコーテにたいして特別な感情をいだいている。ルイス・デルガドがなぜ愚かにもあそこに戻ったか、わたしにはその理由が分かる。デルガドはほかのどこでも自分のなすべき仕事をすますことができた。けれども、マドリードにいるからには、チコーテに行かなければならなかった。ウエイターが言ったように、かれはいい客で、わたしたちは友人だった。どんなささやかなものでも親切というものには価値がある。日常のなかでそういう親切な行いをする機会が巡ってきたら、躊躇する必要はないだろう。だから、保安本部にいる友人のペペに電話したことをわたしは喜んだ。なぜならルイス・デルガドはチコーテの馴染み客だった。死ぬ前にデルガドがあそこのウエイターに幻滅したり失望したりすることをわたしは望まなかったのだ。

この身を横たえて

その夜、ぼくたちは部屋の床に横たわっていた。ぼくは蚕が葉を食べる音に耳を傾けていた。蚕は桑の葉を敷いた棚で食欲を満たしていて、蚕たちが葉を齧《かじ》る音と葉から落ちる音が夜じゅう聞こえた、そしてぼくはと言えば、ぼくは眠りたくなかった。その頃ぼくは長期間にわたってある感覚につきまとわれていた。その感覚とは、暗闇のなかで目を閉じて眠りに身をまかせようとすると、魂が体の外に出ようとする、というものだった。長いあいだぼくはその感覚から逃れることができなかった。ある夜、爆撃にさらされ、その時魂が抜けだした、そしてしばらくしてから帰ってきた。ぼくはそう考えた。その時のことをぼくはできるだけ思いださないようにした。けれどそれから、夜になって眠りにつこうとする時、いつもそのことが思い浮かぶようになった。ものすごく努力しなければ考えをそらすことができなかった。いまは魂がほんとうに出ていったのではないことを知っている。けれどその時、その夏、ぼくはあえて実験する気にはなれなかった。

眠れない時に考えることについてはいくつか用意があった。ぼくは子供の頃に鱒を釣った川を思い浮かべた。頭のなかでその川を隅から隅まで時間をかけて釣り歩いた。どの丸木橋の下でもじっくりと、どの曲がり目でもじっくりと釣糸を垂れた。深い淵で、澄んだ浅瀬で。時には鱒を釣りあげ、時には逃げられた。正午になると釣り竿を置き、昼食をとった。丸木橋にすわって食べたり、崖の上に立つ木の陰で食べたりした。いつもものすごくゆっくり食べた。そして食べながら流れを見下ろした。餌がよく失くなった。出発する時、ブリキの煙草入れに十匹しか虫を入れなかったからだ。使い切ってしまうと虫を探さなければならなかった。川の土手を掘り返すのが難しいこともあった。生い茂る杉のために日当たりが悪く、湿って固い地面が剝きだしになっていた、そういうところでは虫は見つからなかった。たいていはどうにかこうにか餌になるものが見つかったが、沼でどうにもならなくなったことが一度あった。その時は釣りあげた鱒の一匹を刻んで餌にしなければならなかった。

湿原で虫を餌にすることもあった。草のあいだや羊歯の茂みで探してそれを使った。湿原には甲虫がいたし、草の茎みたいな脚を持った虫がいた。古くなって腐った丸木橋のなかには地虫がいた。茶色い鋏の形をした口の白い地虫がいて、そういう地虫は針に付けてもすぐ餌の用をなさなくなった。冷たい水のなかで体の中身が流れだしてしまうからだ。そして丸木橋の下には死番虫《しばんむし》がいた。丸太の下では時々、蚯蚓《みみず》も見つかった。

蚯蚓は丸太を上げると急いで土のなかに潜りこんだ。古い丸太の下にいた山椒魚を使ったこともある。山椒魚はとても小さく、きれいな色をしていて、体は均整がとれ、動きが素早かった。山椒魚の手脚は小さく、その手脚で自分に掛かった針を摑もうとした。それ以後、ぼくは山椒魚を使うことはなかった。しょっちゅう目にしたのだけれど。蟋《こお》蟀《ろぎ》も使わなかった。針に付けた時の動きのせいだった。

川が広い草地を抜けて流れる箇所もあった。ぼくは乾いた草の茂みで蝗《いなご》を捕まえて、流れのなかに放りこみ、ようすを眺めた。蝗は泳いだ。流れに引きずられて水面で輪を描き、やがて鱒が上がってきてそれを食べた。時には一晩で四つか五つの川を釣り歩いた。できるだけ水源の近くまで行き、釣りながら下った。早く釣り終わって、時間があまり経っていなかったら、ぼくは同じ川をもう一度試してみた。川が湖に注ぎこむ場所からはじめて、今度は釣りながら遡った。下る時に釣り損ねた鱒を全部釣ろうと努めた。また川を創った夜もあった。創った川のいくつかで素晴らしい釣りをしてぼくは興奮した。それは白昼夢のようなものだった。自分が創りだした川のいくつかはいまでも憶えていて、そこでぼくはたしかに釣りをしたと考えている。そしてそれらの想像の川は実際に知っている川と入り混じっている。ぼくは全部に名前をつけて、そこまで行くのに汽車に乗ったり、時には何マイルも歩いたりした。

けれども、釣りをすることができない夜もあった。そんな夜、ぼくは冴えきった頭で、何度も何度もお祈りをした。知っている人全部のために祈ろうとした。それはものすごく時間がかかることだった。これまで知っている人間全部を思いだそうとしたら、一番古い記憶まで遡ろうとしたら——ぼくにとってそれは生まれた家の屋根裏部屋と、垂木にぶらさがったブリキ缶のなかの両親のウエディングケーキだった。屋根裏部屋には蛇やほかの何かの生き物の標本が入った壜もあり、それは父親が子供の頃集めてアルコール漬けにしたものだった。アルコールは減っていて、蛇やほかの標本の背中は露わになって、白く変色していた——もしそういうところまで遡ろうとしたら、ものすごく多くの人間を思いだすはずだった。そして、もし知っている人間全部のために、どうかマリアさまとか、われらが父なる神よ、とか言ったとしたら、とんでもなく時間がかかるだろう。そして結局夜明けになってしまうはずだ。そうすれば、眠ることができる。もし眠れる場所にいるのだったら。昼の光のなかでも眠っていていいのだったら。

いままで自分の身に起こったことを全部思いだそうと考えた夜も何度かあった。戦争に参加する直前からはじめて、ひとつまたひとつと時間を戻っていくのだ。ぼくはぎりぎりまで遡っても祖父の家の屋根裏までしか行けないことを悟った。そしてそこまで辿りつくと、今度はそこからスタートして、また同じように思いだして行くのだ。戦争に辿りつくまで。

ぼくは思いだす。祖父が亡くなった後、ぼくたちは祖父の家から、設計も建築もすべて母親がやった家に移った。新しい家に持っていかないことにした品物はたくさんあって、それはみんな裏庭で焼くことになった。ぼくは屋根裏の壜が火のなかに投げこまれたことをよく憶えている。壜が熱で弾けるさま、アルコールが燃えるようす、裏庭の火のなかで燃える蛇を憶えている。けれどそこには人の姿はない。ただものがあるだけだった。燃やしていたのが誰だったかさえぼくは思いだすことができない。それからぼくは人間に会うまで記憶を辿り、人間が現れる度に立ち止まって、その人のために祈った。

新しい家について思いだすのは母親がいつも片づけをしていたこと、それにとても思いきりよくものを棄てていたことだった。一度父親が狩猟の旅に出た時、母親は地下室をそれはそれは徹底的に片づけて、そこにあるべきではないものをすべて燃やした。父が帰ってきて、馬車から下りて、馬をつないだ時、焚き火は家の横の道でまだ燃えていた。ぼくは父親を迎えに出ていた。父親は散弾銃をぼくに渡しながら火のほうに目をやった。「あれは何だ」と父親は尋ねた。

「地下室を片づけたのよ、あなた」と母は張り出し玄関《ポーチ》から言った。母はそこに立ってにっこりと笑っていた。迎えに出ていたのだ。父は焚き火を見下ろし、靴の先で焚き火を突っつき、それからしゃがんで灰のなかから何かを掻きだした。「熊手を持ってこい、ニック」父はぼくに言った。ぼくは地下室に行って、熊手を持ってきた。父は熊手で灰をものすごく丁寧に浚った。そして石の斧と石のナイフと、矢尻を作るための道具、それに土器のかけらと、たくさんの矢尻を掻きだした。火のなかにあったせいでみんな黒ずんで欠けていた。父はそれをとても注意深い手つきで掻きあつめ、道の横の草地に並べた。革のケースに入った父の散弾銃と、ふたつの獲物袋は草の上にあった。馬車から下りて、そこに置いたままだった。

「銃と袋を家のなかに入れるんだ、ニック、それから新聞を持ってきてくれ」父は言った。母親は家のなかに戻っていた。ぼくは散弾銃を肩にかけた。それは重くて運ぶのが大変で、歩くと足にぶつかった。片手にひとつずつ袋を持ってぼくは家に向かった。「一度にひとつだ」父が言った。「運べる以上のものを持ってもだめだぞ」ぼくは獲物袋を下ろし、銃を家まで運び、父の仕事部屋の堆《うずたか》い山から新聞を一枚持って外に出た。父は黒ずんで欠けた石器を全部新聞の上に広げて、それからくるんだ。「一番いい矢尻はみんな砕けてしまった」父はそう言った。それから新聞を持って家に入った。ぼくは外に残った。草の上のふたつの獲物袋と一緒に。少ししてからぼくは袋を家に運びいれた。その場面を思いだす時、人はふたりしか出てこなかった。だからぼくはふたりのために祈った。

けれど、祈りさえ思いだすことができない夜もあった。「地上にても、天国にいるがごとく」までしかぼくは思いだせず、また最初からやりなおすのだが、どうしてもそこから先へは進めなかった。だから認めるしかなかった。祈りが思いだせないのだから、今夜は祈ることを諦めて、代わりを見つけなければならないと。そういうわけでぼくは幾晩か、世界中の動物の名前をぜんぶ思いだそうとしてみた。それから鳥の名前、魚の名前、国、街、食べ物の名前、シカゴの知っている通りすべての名前を思いだそうとした。そしてまったく何も思いだせない時は、ただ音を聴いていた。音の聴こえない夜というものはなかったと思う。もし明かりがあったら、眠ることを恐がらなかっただろう。なぜなら魂が抜けでていくのは暗い時だけだからだ。だからもちろん明かりがある場所で寝る時はたいがい眠れた。ほぼつねに疲れていたし、たいていの場合ものすごく眠かったのだ。知らないうちに寝てしまったことも少なくなかっただろう――けれど眠ろうと努めて眠ることはどうしてもできなかった。そして今夜ぼくは蚕の音を聞いていた。蚕が葉を食べる音というのは夜であればずいぶんはっきりと聞こえるもので、ぼくは目を開け、蚕たちのたてる音を聞いていた。

部屋のなかには人がもうひとりだけいて、かれもまた寝ていなかった。ぼくは耳で起きていることを感じ取っていた。かれはぼくのように静かに横になっていることができなかった。たぶんぼくほど起きていることにたいして訓練を積んでいないからだろう。ぼくたちは藁の上に敷いた毛布に寝ていたので、かれが動くたびに藁が鳴った。蚕はぼくたちのたてる音に怯えることはなく、着実に食事をつづけた。前線から七キロ離れたこの場所を包みこんだ夜のあちらこちらから音は聞こえた。けれど外の音と暗い部屋のなかの音は混じりあうことはなかった。部屋のなかのもうひとりの男は音を立てないように努力していた。しかし、また音がした。ぼくもまた動いた。だからかれはぼくが起きていることを知ったはずだった。その男は十年シカゴで暮らした。一九一四年に家族に会おうとしてイタリアに戻った時、軍はかれを徴兵した。そしてぼくの従兵に任命した。英語が喋れるからだった。かれが耳を澄ましているのが分かった。だからぼくは毛布のなかで身じろぎした。

「眠れないんですか、中尉殿《シニョール・テネンテ》」かれは口を開いた。

「ああ」

「自分も眠れないんです」

「どうかしたのか」

「分かりません。とにかく眠れないんです」

「どこか悪いのか」

「いえ、そんなことはありません。だいじょうぶです。ただ眠れないだけです」

「少し話したいか」ぼくは尋ねた。

「はい、この忌々しいところでも話せることがあるんでしたら」

「ここはとんでもなく素晴らしい場所だ」

「はい」とかれは言った。「何も問題はないです」

「シカゴにいた時のことを教えてくれ」ぼくは言った。

「ああ、それは」かれは言った。「前にぜんぶ話しました」

「どうやって結婚したか話してくれ」

「それも話しました」

「日曜日にきみのところにきた手紙は——奥さんからか」

「はい、女房はいつも手紙をくれます。あいつは店で金をたくさん稼いでます」

「きみは帰った時、いい店をやることになるんだな」

「はい、女房はうまく切り盛りしています。たくさん儲けてます」

「こうやって話してると、ほかの連中を起こしてしまうと思わないか」ぼくは尋ねた。

「いや、みんなには何を話してるか分からないでしょう。どっちにしてもみんな豚のように寝てる、自分は違うんです。自分は神経質なんです」

「静かに話そう」ぼくは言った。「煙草を吸いたいか?」

ぼくたちは暗闇のなかで器用に煙草を吸った。

「中尉殿はあまり煙草を吸わないですね」

「あまり吸わない。止めていると言ってもいいくらいだ」

「まあ、煙草を吸っても何かいいことがあるわけじゃない。それに中尉殿は吸わないではいられないというわけでもなさそうです。目の見えない人間は煙草を吸わないという話を聞いたことがありますか。煙が見えないから」

「その話は信じない」

「自分ではその話はでたらめだって思ってます」かれは言った。「どこかで聞きかじっただけです。中尉殿はどんな話に耳を傾ければいいかよくご存じです」

ぼくたちはふたりとも黙った。ぼくは蚕の立てる音に耳を傾けた。

「このいまいましい蚕の音が聞こえますか?」かれは言った。「蚕が葉っぱを嚙む音が聞こえますよね」

「おかしな音だ」ぼくは言った。

「しかし、中尉殿、眠れないってのはほんとに大きな問題じゃないですか? 自分は中尉殿が寝ているところを見たことがありません。自分が配属されてから中尉殿は夜寝ていない」

「どうだろうな、ジョン。去年の春のはじめ頃、とても調子が悪くなった。夜はちょっと面倒だな」

「自分と似ています」かれは言った。「自分はこの戦争に参加すべきじゃなかったんです。自分は神経質すぎる」

「たぶん、だんだんいい方向に行くだろう」

「中尉殿はなぜこの戦争に参加したんですか」

「何でだろう、ジョン。あの時はそうしたいと思ったんだが」

「そうしたいと思った」かれは言った。「それは、とんでもない理由ですね」

「あまり大きな声で話すべきじゃない」ぼくは言った。

「豚みたいに寝てますよ。どっちにしても英語はみんな分からない。あいつらは何も知らないんですよ。これが終わってアメリカに帰ったら、何をするつもりですか」

「新聞社の仕事をするつもりだ」

「シカゴで？」

「たぶん」

「ブリズベーンの書いたものを読んだことがありますか？　おれが読めるようになって女房が切り抜きを送ってくれるんです」

「そうか」

「ブリズベーンに会ったことはありますか」

「いや、ない。けど、見かけたことはある」

「あの人に会ってみたいもんです。かれはいい書き手だ。女房は英語で書かれたものは読まないが、新聞は自分が家にいた頃と変わらずにとっていて、社説とスポーツの記事を切り抜いて送ってくれるんです」

「子供たちはどうなんだ」

「元気です。娘のひとりはいま四年生です。お分かりでしょうが、中尉殿、もし子供がいなかったら、いま中尉殿の従兵をしていなかったでしょう。ずっと前線に張りつかされていたはずです」

「きみに子供がいてうれしいよ」

「自分もです。みんないい子供たちだ。けど、男の子が欲しかった。娘が三人いて、男の子はひとりもいない。まったくわけが分からないです」

「眠りたいと思わないのか」

「だめなんです。いまは眠れない。いまは目が冴えている。けど、自分は中尉殿が眠らないのが心配なんです」

「そのうちいい状態になるよ、ジョン」

「考えてみてください、中尉殿のように若い人間がそんなに眠れないなんて」

「だんだんいい状態になるはずだ。少し時間が必要なだけだ」

「中尉殿はそうなるべきです。人間は寝ないではやっていけない。心配事があるんですか。心のなかに何か気になることがあるんですか」

「ないよ、ジョン、そういうことじゃないと思う」

「中尉殿は結婚すべきです。そうすると心配しなくなるでしょう」

「どうだろうな」

「中尉殿は結婚すべきです。どうして金持ちのかわいいイタリア娘を探さないんですか。中尉殿だったら望み放題です。若くて勲章もいくつかもらっているし、見た目もいい。二度負傷もしている」

「イタリア語がうまく話せない」

「うまく話してます。イタリア語を話せるかどうかなんてくそくらえです。女たちと話すことなんか考える必要はない。結婚するんです」

「考えてみるよ」

「何人か、若い女は知ってる。そうでしょう?」

「ああ」

「だったら一番金を持ってるのと結婚するんです。ここでは若い女のしつけは行き届いています。誰を選んでもいい奥さんになる」

「考えてみるよ」

「考えるんじゃないです。中尉殿、するんです」

「分かった」

「男は結婚すべきです。中尉殿は後悔することにはなりません。すべての男は結婚すべきです」

「そうだな」ぼくは言った。「眠れるかどうか少し試してみよう」

でください」

「分かりました、中尉殿。もう一回やってみます。でも、自分が言ったことを忘れないでください」

「憶えておくよ。さあ、少し寝よう、ジョン」

「了解です。中尉殿が眠れるといいのですが」

ぼくは毛布にくるまったジョンが藁の上で寝返りを打つ音を聞いた。ジョンはその後、まったく音をたてなくなり、少しすると規則正しい呼吸が聞こえるようになった。そして鼾《いびき》をかきはじめた。長いあいだぼくはかれの鼾を聞き、それから鼾の音に耳を澄ますのを止め、蚕がたてる音に耳を傾けた。時折、葉から落ちる音を響かせながら、蚕は着実に食べつづけた。ぼくは新しい考えごとを手に入れた。暗闇のなかで目を開いたまま横になり、これまで知りあいになった若い女たちを全部思い浮かべ、どんな種類の妻になるか考えてみた。それは考えごとの素材としてはとても興味深いものだった。女たちはしばらく鱒釣りを追いやり、お祈りの邪魔をした。けれどもしまいには、ぼくは鱒釣りに戻った。なぜならぼくはすべての川を思いだすことができたし、そこにいつも新しい何かを見出すことができたが、女たちは数回考えるとぼやけはじめ、心のなかに呼びだすことができなくなったのだ。そして結局、彼女たちは曖昧になり、みんな同じようになり、やがてぼくは女たちについて考えることをほぼ完全に諦めてしまった。けれどもお祈りはつづけ、夜になるとジョンのためにしばしば祈った。そしてジョンの同年兵は十月の侵攻の前に戦地勤務から外された。ぼくはジョンが戦地から退いたことを喜んだ。そのままだったらかれはぼくにとって大きな心配の種になっていたはずだった。何箇月後かにかれはミラノの病院にいるぼくを訪ねてきて、ぼくがまだ結婚していないことを知って、大きな失望を味わうことになった。ぼくはいまだに結婚していない。そのことを知ったらかれはとても残念な顔をするだろうと思う。かれはアメリカに帰るつもりだったし、結婚に関しては確信を持っていて、それがすべての物事をあるべき状態に導くことを知っていた。

この世の光

ドアを開けて店に入ると、バーテンダーはぼくたちに気づいて顔を上げ、無料《ただ》の軽食が入ったふたつのボウルに手を伸ばし、ガラスの蓋をかぶせた。

「ビール」ぼくは言った。バーテンダーはグラスにビールを注ぎ、篦《スパチュラ》で泡を切り、ぼくに向かってそのグラスを掲げて見せた。銅貨をカウンターに置くと、バーテンダーはビールのグラスを滑らせてよこした。

「何にする？」バーテンダーはトムに言った。

「ビール」

バーテンダーはグラスにビールを注ぎ、泡を切り、硬貨を見てから、グラスをトムのほうに押しやった。

「いったい何だってんだよ」トムが言った。

バーテンダーは返事をしなかった。ぼくたちの背後に視線をやって「何にしますか」とだけ言った。男が入ってきたのだった。

「ライウイスキー」男は言った。バーテンダーは酒瓶とウイスキーのグラスと水のグラスを取りだした。

トムは手を伸ばして、無料の軽食が入ったボウルのガラス蓋を取った。それは塩漬け豚の足で、先がフォークの形をした木の鋏で取るようになっていた。

「だめだ」バーテンダーはそう言って、ガラスの蓋をかぶせた。トムの手に鋏になった木のフォークが残った。「戻せ」バーテンダーは言った。

「どこにだよ」トムが言った。

バーテンダーはぼくたちの顔を見ながらカウンターの下に手を伸ばした。ぼくがカウンターの上に五十セントを置くと、バーテンダーは元の姿勢に戻った。

「何だっけ」バーテンダーは言った。

「ビール」ぼくは言った。バーテンダーはビールを注ぐ前に、ふたつのボウルの蓋を取った。

「あんたのくそったれの豚の足は臭い」トムはそう言って、口のなかのものを床に吐き棄てた。バーテンダーは何も言わなかった。ライウイスキーを飲んでいた男は金を払って、後ろを振り返ることなく店を出ていった。

「おまえは自分が臭い」バーテンダーは言った。「おまえらちんぴらはみんな臭い」

「おれたちがちんぴらだって言ってるぜ」トミーがぼくに言った。

「いいから。出よう」

「おまえらみたいなちんぴらがくるところじゃない。とっとと出てけ」バーテンダーは言った。

「おれは自分から出ていくって言った」ぼくは言った。「あんたが考えたことじゃない」

「戻ってくるからな」トミーが言った。

「おまえは戻ってきやしないよ」

「何にも分かってないってこいつに言ってやれよ」トムがぼくに向かって言った。

「こいよ」

外はすごく暗くなっていた。

「いったいこの町はどうなってんだ」

「さあな。駅に行こう」

この町には外れから入った。ぼくたちは反対側に向かった。町は動物の皮とタン皮の匂いがしたし、小山のように積まれたおがくずの匂いも漂っていた。町に入った時に日が陰りはじめていたのだが、いまは完全に暗くなっていた。寒く、道の水たまりの縁は凍りはじめていた。

駅に着くと、五人の売春婦が列車を待っていた。それに六人の白人と四人のインディアンがいた。人が多く、ストーブのせいで熱く、煙たく、ぼくたちが入っていった時は誰も喋っていなかった。乗車券の窓口は閉まっていた。

「ドアを閉めろよ」誰かが言った。

ぼくは誰が言ったのか、確かめようとした。白人のひとりだった。その男は裾を切り落としたズボンに、木樵《きこり》が履くゴム靴という恰好で、ほかの男と同じように厚い毛織り地のシャツを着ていた。けれど、帽子はかぶっていなくて、顔は白く、手も白くてほっそりしていた。

「閉めるつもりがないのか？」

「あるさ」

「ありがとうよ」男は言った。ほかの男のうちのひとりがにやにや笑っていた。

「コックをいじりまわしたことはあるか」その男がぼくに言った。

「ないよ」

「こいつをいじりまわしていいぞ」男はコックを見た。「そうされるのが好きなんだ」

コックはそう言った男から目をそらし、唇を固く引き結んだ。

「こいつは両手にレモンの汁を振りかけてる」男は言った。「何があっても食器洗いの水のなかには手を突っこまない。見ろよ、あの白いことと言ったら」

売春婦のひとりが大きな声で笑った。その女はいままで見たなかで一番大きな売春婦だったし、一番大きな女だった。彼女は見る角度によって色が変わる絹のワンピースを着ていた。同じくらい大きな売春婦がほかにふたりいたが、その女が一番大きく、三百五十ポンドはあるに違いなかった。目の当たりにしていても、とうてい現実の存在だと信じられないような女だった。三人はみんな色の変わるドレスを着ていて、ベンチに並んですわっていた。残りのふたりはごく普通の見かけの売春婦で、髪を漂白して金髪にしていた。

「こいつの手を見ろよ」男はそう言って、顎の先でコックを指した。大きな売春婦は全身を揺すってまた笑った。

コックは女を見て吐きすてるように言った。「肉の山め」

彼女はただ笑いつづけ、体を揺すりつづけた。

「おかしいわ」彼女は言った。すばらしい声だった。「おかしくってたまらない」

ほかのふたりの売春婦、大きなほうのふたりは無口でおとなしく、少し鈍いように見えた。けれど彼女たちは大きく、一番大きな女に迫るほど大きかった。両方ともどう見ても二百五十ポンドは超えているようだった。あとのふたりは取り澄ましていた。

男のほうは、コックとさっき口を開いた男以外に木樵がふたりいて、ひとりは黙って聞いているだけで、話に興味があるようだったが、社交的な性格ではないらしかった。けれど、もうひとりは何か言おうとしていた。ほかはスウェーデン人だった。インディアンのうちふたりはベンチの端にすわり、ひとりは立って壁にもたれていた。

口を開こうとしていた木樵は、とても小さい声でぼくに言った。「干し草の山の天辺に登るようなもんだろうな」

ぼくは笑って、トミーにそれを言った。

「誓ってもいいが、こういう場にいあわせたのははじめてだ」トミーは言った。「あの三人を見ろよ」その時、コックが口を開いた。

「兄さんたちは幾つなんだ」

「おれは九十六、こいつは六十九」トミーが言った。

「あはははは」大きな女が身をよじって笑った。彼女はほんとうにすばらしい声をしていた。ほかの売春婦たちはにこりともしなかった。

「何だよ、ちっとは行儀良くできないのか」コックは言った。「ただ、仲良くしようと思って訊いてるだけだ」

「十七歳と十九歳だ」ぼくは言った。

「おい、いったいどうしちまったんだ」トミーがぼくの顔を見て言った。

「いいんだよ、これで」

「あたしはアリスっていうの」大きな女が言った。体がまた揺れはじめた。

「それがあんたの名前なのか」トミーが尋ねた。

「ええ」彼女が言った。「アリスよ、そうよね」彼女はコックの隣にすわっていた男に向かって言った。

「アリスだ、間違いない」

「いかにもあんたがつけそうな名前だ」コックが言った。

「ほんとの名前よ」アリスが言った。

「ほかの人たちの名前は？」トムが尋ねた。

「ヘイゼルとエセル」アリスが言った。ヘイゼルとエセルは笑みを浮かべた。ふたりは目が覚めるほど賢いとは言えなかった。

「あんたの名前は？」ぼくは髪を金髪にした女の一方に訊いた。

「フランシス」

「フランシスなに？」

「フランシス・ウイルソン、名前を訊いてどうするの？」

「あんたのほうは？」ぼくはもうひとりのほうにも尋ねた。

「なれなれしくしないでよ」彼女はそう答えた。

「そいつはおれたちみんなが仲良くしたらいいと思ってるだけだ」ずっと話している男が言った。「仲良くしたくないのか」

「したくない」髪を漂白した女は言った。「あんたとは」

「この女はただ癇癪持ちなだけだ」男は言った。「いつもちょっと癇癪持ちなんだ」

金髪の女はもうひとりの金髪の女を見た。そして頭を振った。

「どうしようもない田舎者ばっかり」

アリスは体を揺すってまた笑いはじめた。

「おかしいことは何もない」コックが言った。「きみたちはみんな笑ってる。けどおかしいことは何にもない。兄さんたちはどこへ行くんだ？」

「あんたはどこへ行くんだ？」トムが訊きかえした。

「おれはキャディラックに行こうと思ってる」コックが言った。「キャディラックにいったことはあるか？　妹があそこに住んでるんだ」

「こいつ自身が妹なんだ」裾を切り落としたズボンの男が言った。

「そんなことを言わずにすますことはできないのか」コックが言った。「おれたちは行儀良く話せないのか」

「キャディラックはスティーヴ・ケッチェルが生まれたところだ。それにアド・ウォルガストもそうだ」内気な男が言った。

「スティーヴ・ケッチェルだって」金髪の一方がまるで銃爪《ひきがね》を引かれたかのようにいきなり高い声で言った。「あの人の父親があの人を撃って殺した。そうさ、なんと、自分の父親さ。スティーヴ・ケッチェルみたいな男はほかにはいない」

「名前はスタンリー・ケッチェルじゃなかったか？」コックが訊いた。

「ああ、うるさいね」金髪の女が言った。「あんたにスティーヴの何が分かるってのさ。あの人はスタンリーじゃなかった。スティーヴ・ケッチェルはいままで生きた男のなかで一番すばらしくて、一番きれいな男だった。あたしはスティーヴ・ケッチェルくらい清潔で白くて、きれいな男は見たことがない。あんな男はいなかったよ。あの人はほんとに虎のように動いたし、いままで生きた男のなかで一番上等で、一番金払いのいい男だった」

「やつを知ってたのか」誰かが訊いた。

「知ってたかだって？　あの人を知ってたか、あの人を愛してたかって訊くかい？　あたしはあの人をものすごくよく知ってる。あんたは誰のことも何ひとつ知らないだろうけど。そしてあたしはあの人を愛してた。あんたが神さまを愛するみたいに。スティーヴ・ケッチェルは一番立派で、一番白くて、一番きれいな人だった。それであの人の父親はあの人を撃った。犬を撃つみたいに」

「あんたは沿岸でやつと一緒にいたのか？」

「違うわ、その前よ。スティーヴはあたしが愛したただひとりの人だった」

みんな漂白した金髪の女にひじょうな尊敬の念を抱いた。彼女はとても芝居がかった口調で話した。けれど、アリスはまた体を震わせはじめていた。隣にすわっていたので、ぼくにはそれが分かった。

「あんたはかれと結婚すべきだったんだ」コックが言った。

「あの人の出世の邪魔をしたくなかったんだ」金髪の女は言った。「足手まといになりたくなかったんだ。あの人には奥さんは要らなかった。ああ、ほんとに、何て男だったんだろ、あの人は」

「そりゃ、なかなか見上げた決心だったな」コックが言った。「けど、たしかジャック・ジョンソンにノックアウトされたんじゃなかったっけ」

「あれはぺてんだった」漂白した金髪の女は言った。「あのでっかい黒人はスティーヴを不意打ちした。あの人は一度ジャック・ジョンソンをノックダウンさせた。あのでっかい黒人の私生児を。あいつはまぐれで勝っただけだ」

切符の窓口が開き、三人のインディアンがそちらに向かった。

「スティーヴはあいつをダウンさせた」髪を漂白した女は言った。「あの人はあたしに微笑みかけた」

「あんたは沿岸にはいなかったって聞いた気がするが」誰かが言った。

「あの試合だけ観に行ったんだよ。スティーヴはあたしに微笑んで、あの地獄からきたくそ野郎の黒人が急に立ちあがって、スティーヴを殴ったんだ。不意打ちさ。スティーヴはあいつを百回負かすことができた」

「あいつはすごいボクサーだった」木樵が言った。

「誓ってもいいよ。あの人はすごいボクサーだった」漂白した髪の女は言った。「誓ってもいい。いまあの人みたいなボクサーはいない。神さまみたいだった、あの人は。とても白くて、清潔できれいで、速くて滑らかで、虎か稲妻みたいだった」

「おれはボクシングの映画で観たことがある」トムが言った。ぼくはアリスを見た。アリスは体中を震わせていた。ぼくたちはみんなすごく感動していた。インディアンたちはもうプラットホームに出ていた。

「あの人は結婚相手として誰よりもすばらしかった」金髪の女は言った。「あたしたちは神さまの目のなかで結婚したんだ。そうしてあたしはいまもあの人のもので、これからもずっとあたしのすべてはあの人のものなんだよ。あたしは自分の体なんか、気にかけない。みんなあたしの体を取ればいい。あたしの魂はスティーヴ・ケッチェルのものだ。ああ、あの人はほんとうの男だった」

みんないたたまれない気持ちになった。悲しかったし、言うべき言葉が見つからなかった。その時、アリスが、まだ体を震わせていたアリスが、口を開いた。「あんたは汚い嘘つきだよ」アリスは小声で言った。「あんたはいままで生きてきてスティーヴ・ケッチェルとは寝てないし、自分でもそれを知ってる」

「あんたに何でそんなことが言えるのさ」金髪の女は、見下すように言った。

「ほんとのことだからそう言ってるんだよ」アリスは言った。「あたしはこのなかでスティーヴ・ケッチェルを知ってるただひとりの人間だ。それにあたしはマンセロナからきた。あたしはあそこでスティーヴを知ってた。それはほんとうのことで、あんたもそのことを知ってる。そしてあたしの言うことがほんとじゃなかったら、あたしは神さまにこっぴどくどやしつけられても文句は言えない」

「神さまはあたしのこともどやしつけるはずだよ」漂白した髪の女は言った。

「あたしの話はほんとうだ。ほんとうにほんとうにほんとだ。そうしてあんたはそれを知ってる。でたらめを言ってるんじゃない。あたしはあの人が言ってくれたことを正確に覚えてる」

「何て言ったのさ」髪を漂白した女が冷たい目で言った。

アリスは泣いていたので体が震え、言葉がうまく出てこなかった。

「あの人はこう言ったんだ。『アリス、お前はほんとうにきれいな女だ』それがあの人の言ったことさ」

「嘘だ」金髪の女が言った。

「ほんとうさ、スティーヴはあたしにたしかにそう言った」

「嘘だ」漂白した女は見下すような口ぶりで言った。

「嘘じゃないよ、ほんとうさ。ほんとうにほんとうだ。イエスさまとマリアさまに誓ってほんとだ」

「スティーヴがそんなことを言うはずがない。そんなふうには喋らない」漂白した髪の女は幸福そうに言った。

「ほんとだよ」アリスは美しい声で言った。「でもあんたが信じようが信じまいがあたしにはどうでもいいわ」彼女はもう泣いていなかった。穏やかな表情を浮かべていた。

「スティーヴがそんなこと言うなんて考えられない」漂白した女は断言した。

「言ったのよ」アリスはそう言って、微笑んだ。「それにあの人がそう言った時、あたしはほんとにきれいだった。あの人が言った通りに。それだけじゃなくていまもあたしはあんたよりいい女だ。からからに干上がった使い古しの湯たんぽみたいなあんたよりｌ」

「あんたがあたしを侮辱できるわけないじゃない」髪を漂白した女が言った。「でかい膿の山のくせに。あたしにちゃんと思い出があるのが分からない？」

「違う」アリスは甘く美しい声で言った。「あんたにはほんとの思い出なんかない。不妊手術を受けたことと、コカインとモルヒネをはじめたことくらいだ。ほかはみんな新聞で読んだものばかり。あたしは清潔で、あんたはそれを知ってる。そうしてあたしが太ってても男たちはみんなあたしを気にいってる。あんたはそのことを知ってる。それにあたしは決して嘘をつかない。あんたはそれも知ってる」

「あたしのことはほっといてちょうだい。あたしの思い出もね」髪を漂白した女は言った。「あたしの思い出は真実ですばらしいものなの」

アリスは彼女を見た。それからぼくたちを見た、彼女の顔には傷ついたようすはもうなかった。そして彼女は微笑み、その顔はいままで見たなかで一番かわいらしいものだった。彼女はかわいらしい顔をしていて、滑らかな肌と透き通るような声を持っていて、おそろしく魅力的だった。そしてとても親しみやすかった。けれど、彼女は巨大だった。三人の女を合わせたくらい大きかった。彼女を見ているとトムが言った。「さあ、行こう」

「さよなら」アリスが言った。彼女はたしかに透き通るような声をしていた。

「さよなら」ぼくは言った。

「兄さんたちはどっちへ行くんだ?」コックが尋ねた。

「あんたと反対側のほうさ」トムが答えた。

神よ、男たちを愉快に憩わせたまえ

あの頃、地平線の景観はいまとはまったく違っていた。土混じりの風が木々に覆われた丘陵を揺さぶっていた。木々はいまでは切り払われてしまっている。そしてカンザス・シティーはコンスタンティノープルにとてもよく似ていた。あなた方はそれを信じないかもしれない。誰もそれは信じないだろう。けれどほんとうのことなのだ。夕方、雪が降っていて、宵の薄闇に自動車のディーラーのショーウィンドーから漏れる光がにじんでいた。ウインドーの内側には銀色の塗装を全身に施されたレース用の車があり、ボンネットにはDans Argent《ダンザルジャン》の文字が見えた。その言葉はたぶん銀色のダンスか銀色のダンサーという意味に違いないとぼくは思った。なおも意味を考えながら、そして車の外観に幸福な気持ちを覚え、同時に自分の外国語の知識を喜び、ぼくは雪のちらつく通りをそのまま歩きつづけた。高級品のデパートであるウルフ・ブラザーズのサロンを後にしてきたところだった。そこではクリスマスと感謝祭の夜に七面鳥がただで振る舞われるのだ。向かっていたのは高い丘から霧やビルや街路を見おろす市立病院だった。

病院の待合い室にはふたりの救急医、ドク・フィッシャーとドクター・ウィルコックスがいて、一方は机の前にすわり、もう一方は壁際の椅子に腰掛けていた。

ドク・フィッシャーは薄い砂色の髪と薄い唇といつも何かを面白がっているような目が特徴の人物で、賭博師の手がそれに伴っていた。ドクター・ウィルコックスのほうは背が低く、黒髪で、指標《インデックス》つきの、辞典を思わせる本を持ち歩いていた。その『必携・若き医師の友』はどんな事態にも対応していた。症状と治療法がすべて載っていた。そしてそれはまた相互に参照可能になっていて、症状から病名を導きだすこともできた。ドク・フィッシャーは今後出る版は相互参照をもっと充実させるべきだと主張していた。治療法が分かっている時には病名と症状を引けるようにするべきだと。「記憶の助けとして」ドク・フィッシャーはそう言った。

ドクター・ウィルコックスは本に関して複雑な気持ちを抱いていたが、かと言って手放すこともできなかった。本は柔らかい革で装幀され、ポケットにすっぽり収まった。かれはそれを師事した教授のひとりからアドヴァイスされて買った。教授は言った。「ウィルコックス、きみは医者になる権利を持っていない。わたしはきみが医者になる資格を得ないように全身全霊傾けて妨害してきた。しかしきみはいまこの学問的職業の一従事者になったわけだから、人道的見地からわたしはきみに助言する。『必携・若き医師の友』を買いたまえ。そしてそれを活用するのだ。ドクター・ウィルコックス、その本の使い方を学べ」

ドクター・ウィルコックスはその時は何も言わなかった。けれどその日のうちに革装のガイドブックを買った。

「ホレスじゃないか」待合室に入っていくとドク・フィッシャーが言った。待合室には煙草とヨードホルム、石炭酸と加熱した電気ヒーターの匂いが漂っていた。

「これは先生方」

「巷間をにぎわすようなニュースでもあったかね」ドク・フィッシャーが尋ねた。かれの言葉遣いには少しばかり過剰な豊かさがあり、それはぼくには優雅さの表れに映った。

「ウルフのただのターキー」ぼくは答えた。

「食べてきたのか」

「大量に」

「御同僚はたくさんいたかね」

「みんないた。全員いた」

「クリスマスらしい賑わいだったか」

「それほどじゃなかった」

「ドクター・ウィルコックスは相伴に与ってきたらしい」ドク・フィッシャーが言った。

ドクター・ウィルコックスは同僚を見て、それからぼくを見た。

「飲み物は？」ドクター・ウィルコックスが尋ねた。

「いや、いらない」

「そうか」

「ホレス」ドク・フィッシャーが言った。「ホレスって呼んでも構わないか。どうだい」

「構わないよ」

「親愛なるホレス、ぼくたちはきわめて興味深い患者に出会ったよ」

「まったくかれは興味深かったよ」ドクター・ウィルコックスも口を挟んだ。

「きみはきのうここにいた少年のことを知ってるか？」

「どの少年？」

「去勢願望の少年だ」

「知ってる」ぼくはその少年が入ってきた時、そこにいた。少年は十六歳くらいだった。帽子はかぶっていなくて、とても興奮し、とてもおびえ、けれども意思を固めていた。少年は縮れ毛で、体格がよく、唇が突きだしていた。

「どうしたんだ、きみ」ドクター・ウィルコックスが尋ねた。

「去勢して欲しいんだ」少年は言った。

「なぜだ？」ドク・フィッシャーが尋ねた。

「ずいぶん祈ったんだ。何でもやってみた。でも何をやっても治らなかった」

「何が治らなかったんだ」

「このひどい性欲だよ」

「どのひどい性欲？」

「おれのみたいな種類の性欲さ。おれが止められない性欲だよ。おれは毎晩それについて祈ってるんだ」

「どういうことだね」ドク・フィッシャーが尋ねた。

少年は話した。「いいか、きみ」ドク・フィッシャーはしばらく耳を傾けてから言った。「きみには悪いところはない。いまのその状態は予想されるそのままのものだ。いまの状態に関して悪いところは何もない」

「悪いんだ。これは純潔にたいする罪だ。主とイエス・キリストにたいする罪だ」

「そうじゃない。自然なことなんだ。現在のきみはちょうどそうあるべき状態にある。そして後で自分がとても順調だったと考えるだろう」

「ああ、あんたは分かってない」

「聞くんだ」ドク・フィッシャーはそう言ってから、あれこれと話して聞かせた。

「聞きたくない。おれに強制はできない」

「頼むから聞いてくれ」

「きみは大ばか者だ」ドクター・ウィルコックスが言った。

「じゃ、あんたはやるつもりはないんだな」少年が尋ねた。

「やるって、何を？」

「おれを去勢することさ」

「いいかい」ドク・フィッシャーがふたたび口を開いた。「誰もきみを去勢しない。きみの体にはどこも悪いところはない。きみは立派な体をしていて、そんなことを考える必要性を少しも持ってない。もしきみが信心深いんだったら、よく考えてもみるんだ。きみが嘆いていることは罪とは関係なく、ただ婚姻を成し遂げるための手段にすぎない」

「おれには抑えられないんだ。おれは毎晩祈ってる。昼も祈ってる。あれは罪だ。純潔にたいして罪を繰りかえすことだ」

「いいから、ここを出て――」ドクター・ウィルコックスが言った。

「あんたがそんな言い方をするんだったら、あんたの言うことは聞かない」少年はドクター・ウィルコックスに決然と言い放った。「あんたはやる気があるのか？」少年はドク・フィッシャーに尋ねた。

「摘みだせ」ドクター・ウイルコックスが言った。

「出てくよ」少年は言った。「おれに触るな。自分で出ていく」

それがきのうの五時頃だった。

「で、何があったんだ？」ぼくは尋ねた。

「深夜の一時だった」ドク・フィッシャーが言った。「剃刀で自分の体を切り落としたその少年が運びこまれてきた」

「去勢したのか？」

「いや」とドク・フィッシャーは言った。「あの少年は去勢がどういうことなのか知らなかった」

「死ぬかもしれないな」ドクター・ウィルコックスが言った。

「なぜ？」

「出血が多すぎる」

「ここにいる素晴らしき医師、我が同僚ドクター・ウィルコックスが処置にあたったが、今回の緊急のケースはポケットの本には載っていなかった」

「そんな言い方はよせ」ドクター・ウィルコックスが言った。

「最大限の親しみをこめて言ってるんだよ、ドクター」ドク・フィッシャーはそう言いながら自分の手を、自分の両手を眺めた。人を喜ばせたいという気持ちがあり、同時に政府の定めた法にたいする敬意がないせいで、その手はかれをしばしば厄介な立場に追いこんだ。「ここにいるホレスは支持すると思う。親しみを最大にこめたこの言い方に他意はないってことをね。ホレス、切断だった。少年がやったのは」

「まあ、そのことでぼくをからかっても困るんだよ。ぼくをからかう必要はまったくないから」

「きみをからかうだって、ドクター、こんな日に？　まさにぼくらの救世主の生誕を祝うこの日に？」

「ぼくらの救世主？　きみはユダヤ人じゃないか」ドクター・ウィルコックスが言った。

「そうだ、そうだ。そいつはいつもぼくの頭から擦りぬけてしまうんだ。ぼくはその事実にいまでもしかるべき重要性を与えられないでいる。思いださせてくれたきみは大したもんだ。そう、きみたちの救世主、まったくそうだ、きみたちの救世主、きみたちの救世主に違いない――で、棕櫚の聖日《パーム・サンデー》に驢馬に乗る（原語rideには「からかう」と「乗ること」の意あり。イエス・キリストは驢馬に乗ってエルサレムに入ると思われていた）ってことだが」

「きみはどうも気が利きすぎる」

「素晴らしい診断だ、ドクター。いままでぼくは気が利きすぎていた。たしかにこの辺じゃ気が利きすぎていることになる。ホレス、気を利かせることには注意したほうがいいぞ。きみにはあまりその傾向はないようだが、たまに閃きを感じることがある。しかし、大した診断だ……驚いたよ、ガイドブックもなしに」

「きみみたいな人間は地獄へ行くべきだ」ドクター・ウィルコックスが言った。

「せっつかなくてもいい。せっつかなくてもだいじょうぶだ。もしそういうものがほんとにあるとしたら、たしかに行ってみたいと思ってる。いや以前ほんの少しだが覗いたことさえある。ほんとにちらっと見ただけだがね。ぼくはすぐに目をそらしたよ。ところでホレス、最後にその少年が言った言葉を知ってるか。ここにいる素晴らしい医者に迎えられて。あの少年は言ったんだ。『ああ、あんたにやってくれって言ったのに。何度もやってくれって頼んだのに』」

「よりによってクリスマスにだ」ドクター・ウィルコックスが答えた。

「今日がクリスマスだってことはあまり重要じゃない」

「きみにはな」

「聞いたか、ホレス」ドク・フィッシャーが言った。「聞いたか？　ぼくの弱いところを突いてきたぞ。アキレスの踵ってわけだ。ドクター・ウィルコックスはあくまで自分の優位を追求するつもりだ」

「きみはあまりに気が利きすぎる」ドクター・ウィルコックスはそう言った。

スイスへの敬意

第一部　モントルーにおけるホイーラー氏のポートレート

駅舎のなかのカフェは明るく、暖かった。丹念に磨かれた木製のテーブルはつやつやと光り、上に載った籠には塩クラッカー《プレッツェル》入りの光沢のある紙袋が詰めこまれていた。木の椅子には彫刻がほどこされ、座面はすりへってすわり心地がよかった。壁にはやはり彫りこみのある木製の時計が掛かっていて、反対側はバーになっていた。窓の外では雪が降っていた。

ふたりの赤帽が時計の下のテーブルで若いワインを飲んでいた。べつの赤帽が入ってきて、シンプロン・オリエント急行がサン・モーリスで一時間遅れていることを告げた。赤帽は出て行った。ウエイトレスがホイーラー氏のテーブルにやってきた。

「急行は一時間遅れています」彼女は言った。「コーヒーでもお持ちしましょうか」

「コーヒーを飲んだらぼくが眠ってしまうと思うんだったら、持ってきてくれ」

「はい、何でしょう?」ウエイトレスは聞き返した。

「いただこう」

「かしこまりました」

彼女は厨房からコーヒーを持ってきた。ホイーラー氏は窓の外に目をやった。プラットホームの電灯の光のなかを雪が舞い降りていた。

「きみは英語以外の言葉を話すかい?」かれはウエイトレスに尋ねた。

「はい、話します、お客さま。ドイツ語とフランス語と方言をいくつか話します」

「何か飲み物が欲しくないか」

「いえ、けっこうです。カフェのなかでお客さまと一緒することはできないんです」

「葉巻煙草《シガー》は吸うかい」

「いいえ、吸いません、お客さま」

「なるほど」ホイーラー氏は言った。かれはふたたび窓の外を見て、コーヒーを飲み、煙草に火をつけた。

「お嬢さん《フロイライン》」かれは呼びかけた。ウエイトレスがやってきた。

「何をお持ちしましょうか、お客さま」

「きみ」かれは言った。

「そういうふうにからかってはいけません」

「からかってはいない」

「ではそんなことをおっしゃってはいけません」

「議論しているひまはないんだ」ホイーラー氏は言った。

「列車は四十分後にくる。もしぼくと一緒に上の階に行ってくれるなら百フランあげよう」

「そういうことは言うべきではないです、お客さま、赤帽のほうから話をしてもらうかもしれません」

「赤帽には用はない」ホイーラー氏は答えた。「警官にも用はないし、あそこで煙草を売っている若いのにも用はない。きみに用があるんだ」

「そんなふうにおっしゃるんでしたら、お客さまはここを出て行かなければなりません。ここでそんなことを言うことはできません」

「じゃ、何で行かないんだ、きみがいなくなったらぼくはきみに話しかけられない」

ウエイトレスは立ち去った。ホイーラー氏はウエイトレスが赤帽に自分のことを話すかどうかしばらく見守った。ウエイトレスは話さなかった。

「お嬢さん《マドモアゼル》」かれは呼びかけた。ウエイトレスがやってきた。「シオンを一本持ってきてくれ」

「はい、お客さま」

ホイーラー氏は彼女が去って行くのを、そして戻ってきて、抱えたワインをテーブルに置くのを眺めた。かれは時計を見た。

「二百フランやろう」

「どうか、そういうことはおっしゃらないでください」

「二百ドルは大金だ」

「そういうことはあなたは言わないでしょう」ウエイトレスは言った。英語が怪しくなっていた。ホイーラー氏は興味深く眺めた。

「二百フラン」

「あなたはいやな人です」

「じゃ、なんで行ってしまわないんだ。ここにきみがいなかったら、話しかけることができない」

ウエイトレスは背中を向けて、バーに戻った。ホイーラー氏はしばらくワインを飲み、ひとり笑みを浮かべていた。

「お嬢さん《マドモアゼル》」かれは呼びかけた。ウエイトレスは聞こえないふりをした。「お嬢さん《マドモアゼル》」かれはもう一度呼んだ。ウエイトレスがやってきた。

「何かご希望ですか」

「ものすごく希望してる。三百フランやろう」

「あなたはいやな人です」

「三百スイスフラン」

彼女は立ち去った。ホイーラー氏は目で跡を追った。赤帽がドアを開けた。ホイーラー氏の旅行鞄を預かっている赤帽だった。

「列車がやってきます。お客さま」かれはフランス語で言った。ホイーラー氏は立ちあがった。

「お嬢さん《マドモアゼル》」声を掛けるとウエイトレスがテーブルまでやってきた。「このワインはいくらだい」

「七フランです」

ホイーラー氏は八フランを数えて、テーブルの上に置いた。かれはコートを着て、赤帽の後ろについて、プラットホームに出た。雪が降っていた。

「さようなら《オー・ルヴォワール》、お嬢さん《マドモアゼル》」かれは言った。ウエイトレスはホイーラー氏が出て行くのを見守った。あの男はいやな人間だ。彼女は思った。いやな人間だし、吐き気のするような人間だ、と。何でもないことに三百フラン。自分はそれをただで何度やってきたことか。それにここには場所がない。もしあの男に頭があるんだったら、そんな場所がないことは分かっただろう。時間もなく、場所もない。あれをするために三百フラン。アメリカ人ってのはどういう人間なんだろう。

セメントのプラットホームに立って、かたわらに旅行鞄を置いて線路を眺め、その先に見える、雪を掻きわけてやってくる列車の先照灯の光を眺めながら、ホイーラー氏はずいぶん金のかからない気晴らしだったと思った。実際、かれは夕食代をべつにすれば、ワイン一本に七フランしか使っていなかった。そしてチップに一フラン。七十五サンチームのほうがよかったかもしれない。チップを七十五サンチームにしておけば、もっといい気分だったろう。スイスの一フランはフランスの五フランだった。ホイーラー氏はパリに向かっていた。かれはお金のことにはとても気を遣う質だったが、女に関してはあまり気を遣わなかった。かれは以前にもこの駅にきたことがあり、上の階がないことを知っていた。ホイーラー氏は目算の立たないことはしない主義だった。

第二部　ジョンソン氏、ヴヴェーでかの件について語る

駅舎のなかのカフェは明るく、暖かった。丹念に磨かれたテーブルはつやつやと光り、あるものは赤と白の縞模様のテーブルクロスをかぶせられ、あるものは青と白のそれをかぶせられていた。どのテーブルにも塩クラッカー《プレッツェル》入りの光沢のある紙袋を詰めこんだ籠が置かれていた。木の椅子は彫刻を施され、座面はすりへってすわり心地がよかった。

壁には時計が掛かっていて、奥には亜鉛板で装ったバーがあり、窓の外では雪が降っていた。ふたりの赤帽が時計の下のテーブルで若いワインを飲んでいた。

べつの赤帽が入ってきて、シンプロン・オリエント急行がサン・モーリスで一時間遅れていることを告げた。赤帽は出ていった。ウエイトレスがジョンソン氏のテーブルにやってきた。

「急行は一時間遅れています」彼女は言った。「コーヒーでもお持ちしましょうか」

「あまり面倒じゃなかったら」

「はい、何でしょう?」ウエイトレスは尋ねた。

「貰うよ」

「かしこまりました」

彼女は厨房からコーヒーを持ってきた。ジョンソン氏は窓の外に目をやった。プラットホームの電灯の光のなかを舞い降りていく雪が見えた。

「きみは英語以外の言葉を話すかい」かれはウエイトレスに尋ねた。

「はい、話します、お客さま。ドイツ語とフランス語と方言をいくつか話します」

「何か飲み物が欲しくないか」

「いえ、けっこうです。カフェのなかでお客さまと一緒することはできないんです」

「葉巻煙草《シガー》は吸うかい」

「いえ、吸いません」彼女は声をあげて笑った「わたしは煙草は吸わないんです」

「ぼくもだよ」とジョンソンは言った。「ろくでもない習慣だ」

　ウエイトレスは立ち去り、ジョンソンは煙草に火をつけ、コーヒーを飲んだ。壁の時計は十時十五分前を指していた。自分の時計は少し進んでいた。列車は十時三十分にくることになっていた——一時間の遅れが出たので、十一時半。ジョンソンはウエイトレスを呼んだ。

「お嬢さん《シニョリーナ》」

「何をお持ちしましょうか、お客さま」

「ぼくと遊ぶ気はないかい」ジョンソンは尋ねた。ウエイトレスは赤くなった。

「ありません、お客さま」

「ぼくはけしからんことを言ってるんじゃない。ヴヴェーの夜を一緒に楽しまないか。よかったら女友達を連れてきてもいい」

「わたしは働かないといけないんです」ウエイトレスは言った。「ここでの勤めがありますから」

「分かってる」ジョンソンは言った。「けど、身代わり兵はいないのか。南北戦争の時はよくそうしたらしい」

「ああ、だめです、お客さま、自分でやるしかしないんです」

「どこで英語を習ったんだ？」

「ベルリッツ・スクールです、お客さま」

「それについて話してくれ」ジョンソンは言った。「ベルリッツの学生はお盛んだったのか。いちゃいちゃ《ネッキング》やお触り《ペッティング》についてはどうだった？　女ったらしはたくさんいたのか？　スコット・フィッツジェラルドに出くわしたことは？」

「はい、何でしょう？」

「学生生活はきみの人生のなかで一番幸せな時期だったかって訊いてるんだ。この秋、ベルリッツの新しいチームはどんなふうになったんだ？」

「冗談を言ってらっしゃるんですか、お客さま」

「ほんのちょっとした冗談だ」ジョンソンは言った。「きみはとてつもなく素晴らしい子だ。で、きみはぼくと遊びたくない？」

「はい、遊びたくありません」ウエイトレスは言った。「何かお持ちしましょうか」

「ああ」ジョンソンは言った。「ワインリストを持ってきてもらえるか」

「承知いたしました」

ジョンソンはワインリストを持って、三人の赤帽がすわっている席に向かった。三人はかれを見上げた。みんな歳とっていた。

「飲まないか？　ヴォレン・ジー・トリンケン《ヴォレン・ジー・トリンケン》」かれは尋ねた。ひとりがうなずいて笑みを浮かべた。

「はい《ウイ》、旦那《ムシュー》さん」

「フランス語を喋れるのか？」

「はい《ウイ》、旦那《ムシュー》さん」

「何を飲もうか？ シャンパンに詳しいか《コネ・ヴー・デ・シャンパーニュ》」

「いいえ《ノン》、旦那《ムシュー》さん」

「知る必要があるな《フォー・レ・コネートル》」とジョンソンは言った。「お嬢さん《フロイライン》」かれはウエイトレスを呼んだ。「ぼくたちはシャンパンを飲む」

「どのシャンパンがお好みですか、お客さま」

「一番いいのだ」ジョンソンは言った。「一番『ベスト』なのは何だ《ラケル・エ・ル・ベスト》？」かれは赤帽たちに尋ねた。

「最高の《ル・メイユール》？」最初に口を開いた赤帽が尋ねた。

「どうぞ、遠慮なく」

その赤帽はコートのポケットから金縁の眼鏡を取りだし、リストを検討した。タイプされた四つの銘柄と価格の上を指が滑って下りた。

「スポーツマン」とかれは言った。「スポーツマンが一番いい」

「そう思うかい、きみたちも？」ジョンソンはほかの赤帽たちに尋ねた。ひとりがうなずいた。もうひとりがフランス語で言った。「自分では飲んだことはない。けど、スポーツマンのことはよく聞く。いいワインだ」

「スポーツマンをくれ」ジョンソンはウエイトレスに言った。かれはワインリストに記された値段を見た。十一スイスフランだった。「スポーツマンをふたつにしてくれ。ここにすわってきみたちと一緒に飲んでかまわないか」かれはスポーツマンを薦めた赤帽に尋ねた。

「すわってください。ここにどうぞ」赤帽はかれに向かって微笑んだ。赤帽は眼鏡をたたんでケースに戻していた。「今日は誕生日なんですか？」

「いや」ジョンソンは言った。「お祝いの日じゃない。このあいだ家内がぼくと離婚する決心をしたんだ」

「では」と赤帽は言った。「そうならないことを望みます」ほかの赤帽が首を振って言った。三人目の赤帽は耳が少し遠いようだった。

「疑いなくありふれた経験だ」ジョンソンは言った。「歯医者にはじめて行くようなものだ。でなけりゃ、女の子がはじめて生理になるようなものだ。けど、ぼくはすっかり動転してる」

「そりゃ、そうだと思います」一番年寄りの赤帽が言った。「よく分かります」

「きみたちのなかで離婚の経験がある者はいないのか？」ジョンソンは尋ねた。かれはふざけたフランス語を使うことをもうやめていた。いまは滑らかに話していたし、そうするようになってからもうだいぶ経っていた。

「いません」スポーツマンを注文した赤帽が言った。「ここではあまり離婚しないんです。離婚した男はいます。でも多くない」

「ぼくたちのところではずいぶん違う。みんなが離婚すると言っていいくらいだ」

「ほんとうにそうみたいですね」赤帽はその言葉を認めた。「新聞で読んだことがあります」ムシユー・ナ・ク・トラント・サンカン
「ぼく自身は少し遅れてるんだ」ジョンソンは言葉をつづけた。「離婚したのはこれがはじめてだ。ぼくは三十五歳だ」

「でもあなたはまだ若い《メ・ヴー・ゼット・アンコール・ジュンヌ》」と赤帽は言った。かれはほかのふたりに説明した。

「この人はまだ三十五歳だ《ムシユー・ナ・ク・トラント・サンカン》」ふたりはうなずいた。「すごく若い」と一方が言った。

「それで離婚したのはほんとうにはじめてなんですね?」その赤帽は尋ねた。

「まったくはじめてだ」ジョンソンは言った。「ワインを開けてくれ、お嬢さん《マドモアゼル》」

「で、ずいぶん金がかかるんじゃないですか」

「一万フラン」

「スイスフランで?」

「いや、フランスのだ」

「ああ、スイスフランで二千か。それでも安くない」

「そうだな」

「なのに何で離婚する人がいるんですか」

「離婚してくれと頼まれるのだ」

「なんで頼むんですか」

「ほかの誰かと結婚するためだ」

「そりゃ、ばかばかしい話だ」

「ぼくもそう思う」ジョンソンは言った。ウエイトレスは四つのグラスを満たした。四人はみんなそれを掲げた。

「乾杯《プロージット》」

「あなたの健康に《ア・ヴォートル・サンテ・ムシュー》」赤帽は言った。ほかのふたりの赤帽は言った。「乾杯《サリュー》」シャンパンは甘いピンクの林檎酒のような味がした。

「スイスではいつも違う国の言葉で答えるのが当たり前になっているのか？」ジョンソンが尋ねた。

「いいえ」赤帽は言った。「フランス語のほうが洗練されています。それにここはフランス語を話す地域《ラ・スイス・ロマンド》です」

「でもきみはドイツ語を話す」

「そうです、わたしが生まれたところではドイツ語を話します」

「なるほど」ジョンソンは言った。「で、きみは離婚したことがないって言うんだな」

「ないです。金がかかりすぎます。それにわたしは結婚していません」

「ああ、そうなのか」ジョンソンは言った。「こちらのふたりも結婚してない？」

「このふたりは結婚しています」

「結婚していることが気にいってるかい？」ジョンソンは一方に尋ねた。

「何ですか？」

「結婚している状態が好きかい？」

「はい《ウイ》、それが普通ですから《セ・ノルマル》」

「確かに」ジョンソンは言った。「では《エ》、きみは《ヴー・ムシュー》？」

「好きだね《サ・バ》」ともう一方の赤帽は言った。

「ぼくの場合は《プール・モワ》」ジョンソンは言った。「そうではないな《サ・ヌ・ヴァ・パ》」

「この人《ムシュー》は離婚するつもりだ」最初の赤帽が説明した。

「ほう」と二番目の赤帽が言った。

「おやおや」三番目の赤帽が言った。

「まあしかしこの話はもうやめにしたほうがいいだろう。きみたちはぼくの厄介事には興味がないようだ」かれは最初の赤帽に言った。

「いえ、あります」赤帽は言った。

「いやいや、ほかのことについて話そう」

「あなたが望むようにしましょう」

「何の話ができるんだろう」

「あなたはスポーツはしますか」

「しない」ジョンソンは言った。「けど家内はやる」

「気晴らしとしてはどんなことをするんですか」

「ぼくは作家だ」

「それは儲かるんですか」

「いや。けど、有名になると儲かる」

「面白そうですね」

「いや」ジョンソンは言った。「面白くはない。すまないが、みなさん、ちょっと失礼する。もう一本のほうも楽しんで貰えるといいのだが」

「でも、列車はあと四十五分はこない」

「知ってるよ」ジョンソンは言った。ウエイトレスがやってきたので、かれはワインと夕食代を払った。

「外に出るんですか、お客さま」彼女が尋ねた。

「ああ」ジョンソンが言った。「ちょっと歩いてくる。鞄はここに置いておくよ」

かれはコートとマフラーと帽子を身につけた。外に出ると雪の勢いは思ったより激しかった。振りかえるとテーブルを囲む三人の赤帽の姿が窓のなかに見えた。ウエイトレスは栓を開けた瓶の残りを三人のグラスに注いでいた。そして彼女は栓を開けていないほうをバーに戻していた。それぞれに三フランくらいの金が入るだろうとジョンソンは思った。顔を戻して、かれはプラットホームを歩きだした。カフェのなかにいる時は話せば気が紛れるだろうと思った。けれど、話しても気は紛れなかった。ただ苦い思いが増しただけだった。

第三部　テリテットにおける一特別会員の息子

テリテット駅のカフェは少し暖かすぎた。照明は明るく、テーブルは艶やかに光っていた。テーブルの上にある籠には塩クラッカー《プレッツェル》入りの光沢のある紙袋が詰めこまれ、濡れたビールのグラスが木のテーブルに丸い輪を残したりしないように、ボール紙のコースターが用意されていた。椅子には彫刻がほどこされ、座面はすりへってすわり心地がよかった。壁には時計が掛かり、奥はバーになっていて、窓の外は雪が降っていた。老人がひとり時計の下のテーブルでコーヒーを飲みながら夕刊を読んでいた。赤帽が入ってきて、シンプロン・オリエント急行がサン・モーリスで一時間遅れていることを告げた。ウエイトレスがハリス氏のテーブルにやってきた。ハリス氏はちょうど夕食を終えたところだった。

「急行は一時間遅れています」彼女は言った。「コーヒーでもお持ちしましょうか」

「きみがそうしたいんだったら」

「はい、何でしょう?」ウエイトレスが尋ねた。

「お願いするよ」ハリス氏は言った。

「かしこまりました」

彼女は厨房からコーヒーを持ってきて、ハリス氏は角砂糖を入れ、スプーンで砕き、プラットホームの電灯の光のなかを舞い降りていく雪を見た。

「きみは英語以外の言葉を話すかい?」かれはウエイトレスに尋ねた。

「はい、話します、お客さま。ドイツ語とフランス語と方言をいくつか話します」

「どれが一番好きなんだ」

「どれもみんな似ています。どれかがほかより好きということはちょっと言えません」

「コーヒーか何か飲むかい?」

「いえ、けっこうです。カフェのなかでお客さまと一緒することはできないんです」

「葉巻煙草《シガー》は吸わないんだろうね?」

「はい、お客さま」彼女は声をあげて笑った。「わたしは煙草は吸いません」

「ぼくもだよ」ハリスは言った。「ぼくはデヴィッド・ベラスコウには与《くみ》しないんだ」

「はい、何でしょう?」

「ベラスコウ、デヴィッド・ベラスコウだ。かれは襟《カラー》を後ろ向きにつけるから、きみにもすぐ分かる。けど、ぼくはかれに賛同しない。それに、どのみちもう死んでいる」

「失礼してもよろしいでしょうか」

「もちろん」ハリスは言った。かれは椅子に浅くすわって窓の外を眺めた。カフェの反対側の老人は新聞を畳んでいた。老人はハリス氏を見て、それからコーヒーカップとソーサーを手に持ち、ハリス氏のテーブルまでやってきた。

「お邪魔でなかったらいいのですが」老人は英語で言った。「しかし、あなたが米国《ナショナル・》地理学協会《ジオグラフィック・ソサエティー》の会員かもしれないと思ったものですから」

「どうぞ、おかけください」ハリスは言った。紳士はすわった。

「コーヒーをもう一杯か、リキュールはいかがですか」

「ありがとう」と紳士は言った。

「よければ、チェリー・ブランデー《キルシュ》を一緒に飲んでくれませんか」

「いいですね。でも、つきあわせているのはこちらのほうですから」

「いいえ、どうかそうしてください」ハリスはウエイトレスを呼んだ。老紳士はコートの内ポケットから革の手帳を取りだした。そして幅広のゴムのバンドを外し、紙の束を抜きだし、そのなかからさらに一枚を選びだして、ハリスに手渡した。

「これがわたしの会員証です」老人は言った。「あなたはアメリカにいるフレドリック・J・ルーセルを知ってますか」

「すみません、知りません」

「わたしはかれが傑出した人物だと考えています」

「その方は出身はどちらなんですか。合衆国のどのあたりなのか分かりますか？」

「もちろん、ワシントン出身です。あそこに協会の本部があるんではなかったですか？」

「そうだと思います」

「思うとおっしゃるのは、確信がないからですか？」

「ぼくはずいぶん長く海外にいるのです」ハリスは言った。

「では、あなたは会員ではない？」

「会員ではありません。でも、父はそうです。父はずいぶん長いあいだ協会の会員です」

「では、あなたのお父さまはフレドリック・J・ルーセルを知っているでしょう。かれは協会の役員のひとりです。わたしが会員になったのはかれの推薦があったからだということが、いずれあなたにも分かると思います」

「それはまた結構なことですね」

「あなたが会員でなくて残念です。でもあなたはお父さまを通じて会員の資格を手に入れられるんではないですか？」

「そうだと思います」ハリスは言った。「アメリカに戻ったら、そうなると思います」

「そうなさることをお勧めします」と、紳士は言った。「あなたはもちろん雑誌のほうはお読みになっていますね」

「はい」

「北アメリカの動物相のカラー写真が載っている号を見たことがありますか？」

「ええ、パリにいる時に見ました」

「じゃあ、アラスカの火山のパノラマは？」

「あれは驚異的でした」

「それからわたしはあれも堪能しました。ジョージ・シャイラス三世の野生動物の写真も」

「あれはべらぼうによかった」

「何とおっしゃいましたか」

「あれはまったく素晴らしいものでした。シャイラスの奴は――」

「あなたはそういうふうに呼ばれるんですね」

「古いつきあいなんです」とハリスは言った。

「なるほど、あなたはジョージ・シャイラス三世を知っている。かれは興味深い人物に違いない」

「あいつはそうです。ぼくが知っているなかで一番興味深い人間です」

「ジョージ・シャイラス二世のほうも知っていますか？　かれも面白い人間ではないですか？」

「ああ、二世のほうはそれほど面白くありません」

「わたしとしては興味深いだろうと思ったのだが」

「そうでしょうね。妙な話ではあります。しかし二世はそれほど興味を惹く人間ではない。ぼくはしばしばその理由を考えたものです」

「なるほど」紳士は言った。「あの一族の者なら誰でも興味を惹く人間だと思っていたのだが」

「サハラ砂漠のパノラマを覚えてますか」ハリスが尋ねた。

「サハラ砂漠？　十五年近く前の号じゃないですか」

「その通り。父のお気に入りのひとつだったんです」

「お父さまはもっと新しいのは好まないのですか？」

「たぶん好きでしょう。でも父はサハラ砂漠のパノラマが特別好きだったんです」

「あれは素晴らしかった。でもわたしにとって、あれはむしろ科学的興味より芸術的興味という点で価値がありました」

「ぼくには何とも言えないです」ハリスは言った。「風がいっせいに砂を巻きあげて、駱駝《らくだ》をつれたアラブ人がメッカのほうを向いてひざまずいている」

「わたしの記憶ではそのアラブ人は立って駱駝の手綱を握っている」

「あなたの記憶はまったく正確です」ハリスが言った。「ぼくはロレンス大佐の本のことを考えていました」

「アラビアに関するロレンスの本ですな。察するに」

「その通り」ハリスは言った。「あのアラブ人はロレンスのことを思いださせる」

「かれはひじょうに興味深い若者に違いない」

「たしかにそうだと思います」

「いま何をしているか知ってますか」

「英国空軍にいます」

「何でまたそんなところにいるんだろう」

「好きだからですよ」

「あなたはロレンスが米国地理学協会《ナショナル・ジオグラフィック・ソサエティー》の会員だと思いますか」

「ロレンス大佐はそういう種類の人間でしょうか」

「あの若者はひじょうにいい会員になるだろう。かれこそ、協会が会員として求める種類の人間だ。協会がかれを会員にしたがると思いますか。わたしとしては推薦することができるならひじょうに喜ばしいわけだが」

「協会はそうしたがると思いますよ」

「これまでヴヴェーの科学者をひとり推薦しました。それからローザンヌのわたしの大学の同僚をひとり。協会はふたりとも選出しました。わたしがロレンス大佐を推薦したら、協会はとても喜ぶだろうと思います」

「それは素敵な考えですね」ハリスは言った。「あなたはコーヒーを飲みにちょくちょくここにくるのですか」

「夕食の後にきています」

「大学で教えていらっしゃるんですか」

「もう現役ではないのです」

「ぼくはただ列車を待っているだけです」ハリスは言った。「パリに行って、それからルアーヴルから船で合衆国に向かいます」

「わたしはアメリカに行ったことがありません。しかしとても行ってみたいです。たぶんいつか協会の大会に出席することになると思います。あなたのお父さまに会えたら、さぞかし愉快でしょう」

「父のほうも会いたいと思うだろうと確信します。でも、父は去年亡くなりました。銃口を自分に向けたのです。妙な話になりますが」

「それは心から残念です。お父さまが亡くなられたことは科学界にとっては打撃だったと思います。御家族にとってと同様に」

「科学界はずいぶん冷静に父の死を受け止めました」

「わたしの名刺です」ハリスは言った。「父のイニシャルはE・DではなくE・Jでした。父があなたに会いたがったことは間違いないと思います」

「ほんとうに大きな喜びになったと思います」紳士は手帳から名刺を取りだし、ハリスに差しだした。名刺の文面はこのようなものだった。

シギスムント・ヴィール博士
アメリカ合衆国　ワシントンD．C．
ナショナル・ジオグラフィック・ソサエティー会員

「大事に取っておきます」ハリスは言った。

雨のなかの猫

　ホテルの客のなかにアメリカ人はふたりしかいなかった。部屋を出る時や戻る時に階段ですれちがう人たちのなかに知っている者はいなかった。ふたりの部屋は二階にあり、海に面していた。部屋からは公園と戦争のモニュメントも見下ろすことができた。公園には大きな椰子の木が並び、緑色に塗りあげたベンチもいくつか見えた。晴れた日にはいつも絵描きがいて、前にイーゼルを立てていた。絵描きたちは椰子の茂り具合を好み、公園沿いに並ぶホテルの明るい色を好み、海を好んだ。イタリア人たちは遠くからやってきて、戦争記念碑を見あげた。記念碑はブロンズでできていて、いまは雨に濡れて光っている。雨が降っていたのだ。雨は椰子の木の葉から滴っていた。砂利道のあちこちに水たまりができていた。打ち寄せる波は雨に打たれながら砂の上に長い曲線を描き、それから砂の上を戻っていった。ふたたび砂の上を滑って雨のなかで長い曲線を描くために。広場の向こう側にはカフェの入り口が見えた。ウエイターがひとりそこに立ち、空っぽの広場を眺めていた。

アメリカ人夫妻の妻のほうは窓から外を見下ろしていた。窓の真下に水滴を滴らせる緑色のテーブルがいくつかあり、そのひとつの下に一匹の猫がうずくまっていた。猫は滴ってくる雨水に濡れないようにできるだけ身を縮めていた。

「下に行って、仔猫を連れてくるわ」アメリカ人の女は言った。

「ぼくが行こう」ベッドにいた夫がそう答えた。

「いいの。あたしが行く。かわいそうに、テーブルの下で一生懸命濡れないようにしてるわ」

夫は本から目を離さなかった。ベッドの裾にふたつの枕を並べ、そこに背を預けて横になっていた。

「体を濡らさないように」夫は言った。

妻が階段を下りて、事務室の前を通りかかると、ホテルの主人が立ちあがって、お辞儀をした。主人の机は事務室の一番奥にあった。主人は歳をとっていて、とても背が高かった。

「雨降り《イッラ・ピオヴェ》」と妻は言った。彼女はホテルの主人が好きだった。

「はい《スィー スィー》、奥様《シニョーラ》、ひどい天気です《ブルット・テンポ》」

ホテルの主人は薄暗い部屋の奥にある机の向こうに立っていた。妻はかれのことが好きだった。どんな苦情にでもものすごく真剣に耳を傾けるところが好きだった。毅然としているところが好きだった。客である彼女に接する態度が好きだった。ホテルの主人というものについてのかれの見解が好きだった。年齢の刻まれた大きな顔と大きな手が好きだった。

　ホテルの主人のことが好きだと思いながら、彼女はドアを開けて、外のようすを窺った。雨は激しかった。ゴムの雨合羽を羽織った男が人気のない広場をカフェに向かって歩いていた。猫は右のほうにいるはずだった。たぶん庇《ひさし》にそって行けるだろう。入り口に立っていると、頭の上で傘が開いた。自分たちの部屋を受け持っているメイドだった。

「濡れてしまいますよ」メイドは笑みを浮かべ、イタリア語で言った。もちろん主人がよこしたのだった。

　傘を差しかけてくれるメイドと一緒に、彼女は砂利道を進み、部屋の窓の下まで行った。テーブルはそこにあった。雨に濡れて緑色に光っていた。けれど猫はいなかった。彼女は思いがけなく深い失望を覚えた。メイドは目を上げて彼女の顔を見た。

「何か失くされたんですか《ア・ペルドゥート・クアルケ・コーザ》、奥さま《シニョーラ》」

「猫がいたの」少女のようなアメリカ人の妻は言った。

「猫？」

「そう《スイー》、猫《イッラ・ガット》」

「猫」メイドは笑った。「雨のなかに猫が？」

「そう」彼女は言った。「テーブルの下に」それから付けくわえた。「とても欲しかったの。あの猫が欲しかったの」

彼女が自分の国の言葉でそう言うと、メイドの表情が少し硬くなった。

「行きましょう、シニョーラ、なかに戻ったほうがいいです。濡れてしまいます」

「そうね」と少女のようなアメリカ人の妻は言った。

ふたりはまた砂利を踏んで、ドアまで戻った。メイドは傘を閉じるために外で立ち止まった。アメリカ人の妻が事務室の前を通ると、主人《パドローネ》が机からお辞儀をした。とても小さく固いものが体の内側で身じろぎした。主人《パドローネ》は彼女をとても小さなものになったような気にさせたし、同時にとても重要なものになったような気にさせた。とてつもなく重要な存在になったような感覚が一瞬彼女を捉えた。彼女は階段を上り、部屋のドアを開けた。ジョージはベッドの上にいた。本を読んでいた。

「猫は捕まえたか？」本を下に置いて、かれは尋ねた。

「いなくなってたわ」

「どこへ行ったんだろう」かれはページから視線を外して目を休ませた。

彼女はベッドに腰を下ろした。

「仔猫がとても欲しかったわ。なぜそんなに欲しいのか分からないけど。あのかわいそうな仔猫が欲しかった。外にいて、雨が降っていて、仔猫であるってことは、楽しいことは言えないわ」

　ジョージはまた本を読みはじめていた。

　彼女は立ちあがって、ドレッシング・テーブルの鏡の前へ行ってすわり、手鏡を取りあげて自分の姿を眺めはじめた。まず彼女は自分の横顔をたしかめた。最初は片側を、それから反対側を。それから頭の後ろを眺め、うなじを眺めた。

「髪を伸ばしてみるってのはいい考えだと思わない？」彼女はふたたび横顔を調べながら尋ねた。

　ジョージは顔を上げて、彼女のうなじに視線をやった。うなじは男の子の髪のように短く切りそろえられていた。

「いまのままが好きだな」

「飽きたの」彼女は言った。「男の子のように見えることに飽きたの」

　ジョージはベッドの上で姿勢を変えた。かれは喋りはじめた妻から目を離さなかった。

「きみはとても素敵に見える」

　彼女は鏡を置いて窓際に行き、外を眺めた。暗くなりはじめていた。

「髪をきつく引っ張って、梳いて、後ろで束ねたい。丸く大きく束ねて重さを感じられるようにしたい」彼女は言った。「仔猫が欲しい。膝の上に乗せて、撫でるとごろごろ喉を鳴らす仔猫が欲しい」

「そうかい」ジョージがベッドから言った。

「それに自分のスプーンとフォークを使ってテーブルで食べたい。キャンドルも欲しい。いまが春だったらいいし、鏡の前で髪にブラシもかけたい。それから仔猫が欲しい、新しい服が欲しい」

「ああ、黙れよ。本でも読んだらどうだ」ジョージが言った。それからまた本を読みはじめた。

妻は窓から外を眺めていた。もうすっかり暗くなっていて、椰子の木にはまだ雨が降りそそいでいた。

「とにかく、猫が欲しいの」彼女は言った。「猫が欲しい。いま欲しい。髪も伸ばせなくて、ほかにも楽しいことがないんだったら、猫くらい飼っていいはずよ」

ジョージは聞いていなかった。かれは本を読んでいた。妻は外を眺めた。広場には明かりが点っていた。

誰かがドアをノックした。

「どうぞ《アヴァンティ》」ジョージがそう言って、本から顔を上げた。

戸口に現れたのはメイドだった。彼女は大きな三毛猫を胸に押しつけるようにして抱いていた。猫の体が腕の下で揺れていた。

「すみません」彼女は言った。「主人《パドローネ》に言われてきました。これを奥様にとのことです」

キリマンジャロの雪

キリマンジャロは雪に覆われた標高一九七一〇フィートの山で、アフリカでもっとも高い山と言われている。西側の頂はマサイ族の言葉でヌガイエ・ヌガイ、「神の家」と呼ばれている。その頂にほど近いあたりにひからびて凍った豹の死骸がある。豹が何を求めてそれほどの高さまで登ったか、説明できる者はいない。


「不思議なことに痛みはないんだ。それではじまったことが分かる」

「本気で言ってるの？」

「本気そのものだ。けど、匂いについてはほんとにすまないと思う。こいつはきみを悩ませているにちがいない」

「やめて。お願いだから、やめて」

「あいつらを見ろよ。見た目か匂いのどっちかじゃないか。ああいうふうにあいつらを惹きつけたのは」

男の横たわっているカンヴァスの簡易ベッドはミモザの木の下の大きな日陰のなかにあり、その日陰の外のぎらつく平原にかれが目を向けた時、そこには大きな鳥が三羽不吉さを漂わせてうずくまっていた。空を見あげるとさらに一ダースばかり舞っていて、上空を横切るたびに影が地上を走った。

「あいつらはトラックが壊れた日からあそこにいる。地上にいくらか降りたのは今日がはじめてだ。小説に使いたくなった時のことを考えて、はじめはあいつらの飛び方をじっくり観察した。いま考えると、笑い話だな」

「そんなこと言わないで」

「思ったことを言ってるだけだ」かれは言った。「話すとすごく楽なんだ。けど、ぼくはきみに煩わしい思いをさせたくない」

「そんなことでわたしが煩わしく思うはずがないって知ってるでしょう」彼女は言った。

「わたしが神経質になってるのは何もできない状態だからよ。できるかぎりうまくやることを考えたほうがいいと思うの。飛行機がくるのを待ってるあいだ」

「もしくは飛行機がこないのを待ってるあいだだな」

「わたしにできることを言って。できることが何かあるはずよ」

「きみはぼくの脚を切断できるな。それで進行を止められるかもしれない。ぼくは疑わしいと思うが。でなけりゃ、ぼくを撃つこともできる。きみはいまでは射撃の名手になっている。ぼくはきみに射撃を教えた。そうだろう？」

「お願いだから、そんな喋り方をしないで。何か読んであげましょうか？」

「何を読むんだ？」

「本の袋のなかのどれか、わたしたちがまだ読んでないもの」

「聴いてるだけってのはできない」かれは言った。「話すのが一番楽だ。ぼくたちは言い争うんだ。そうすると時間が進んでくれる」

「言い争いはしない。言い争いなんて全然したくない。どんなに神経質になったとしても、もう言い争うのはやめましょう。たぶんべつのトラックと一緒に今日戻ってくるわ。飛行機がくるかもしれないし」

「ぼくは動きたくない」男は言った。「いま動くことには何の意味もない。きみの気持ちを楽にするくらいだ」

「それは臆病っていうものよ」

「きみはひとりの人間が死ぬ時、一番楽な死に方をさせてやろうとは思わないのか。ただ罵るんじゃなくて。ぼくを罵って何か得なことがあるのか」

「あなたは死なないわ」

「ばかなことを言うな。ぼくはいま死にかけてる。あのろくでもない連中に訊いてみろ」かれは大形の醜い鳥がうずくまるあたりに目をやった。鳥たちの禿げた頭は膨れあがった羽根のなかに埋もれていた。四羽目が降りてきて、ばたばたと地上を走り、それからおぼつかない足取りで仲間のほうに向かった。

「あの鳥はどのキャンプの回りにもいるじゃない。あんなの気にすることないわ。諦めなかったら死なないのよ」

「どこでそんなことを読んだんだ。きみはあきれた大ばか者だ」

「あなたはほかの人間のことを考えないといけないわ」

「やめてくれ」かれは言った。「それこそがぼくの仕事だった」

そう言うとかれは横になり。しばらく口をつぐみ、平原を揺らす陽炎を透かして低木の林を眺めた。林の前には小形のガゼルが何頭かいて、それはとても小さく、黄色の地に掃かれた点に見えた。そしてその向こうに縞馬の群れがいて、背景の低木林の緑に白く浮きでていた。男がいる場所は丘の麓で、大きな木が並び、キャンプはその木陰に設置されていた。キャンプ地としては申し分のない場所で、いい水があり、すぐ近くに干上がりかけた水溜まりがあって、毎朝、そこから砂鶏《さけい》が飛びたった。

「本を読んで欲しい？」彼女が尋ねた。男が横たわる簡易ベッドの横、カンヴァス製の椅子に彼女はすわっていた。「微風《そよかぜ》が吹いてきたわ」

「いや、いい」

「たぶん、トラックはくるわ」

「トラックはどうでもいい」

「わたしはどうでもよくないの」

「きみはたくさんのことを気にかけてる。ぼくがどうでもいいと思う多くのことを」

「そんなに多くはないわよ、ハリー」

「飲み物はどう？」

「体に負担になるんじゃないかしら。アルコール類はとにかく止めたほうがいいってブラックの本に書いてあるから。飲まないほうがいいわ」

「モロ」かれは叫んだ。

「はい、旦那《ブワナ》」

「ウイスキーソーダを作ってくれ」

「はい、旦那《ブワナ》」

「飲むべきじゃないわ。それは諦めることと同じよ。負担になるって書いてあるじゃない。どう考えてもだめ」

「いや」かれは言った。「ぼくにとってはいいことだ」

では、これですべてが終わりというわけか、とかれは考えた。完成させる機会はもうないわけか、こんなふうに終わるのか、酒のことで口論しながら。壊疽《えそ》の症状が右足に現れてから痛みが失くなり、同時に恐怖も消え、いまかれが感じているのは深い疲労と、こうしてすべてが終わるということにたいする怒りだった。それ自体に関しては、いま迫りつつあることに関しては、ほんとうに少ししか関心がなかった。何年にもわたってそれはかれを圧迫していた。しかしいまそれ自体に意味は感じられなかった。疲労の深さが十分なせいで簡単にそういう気持ちになったというのは、ずいぶん奇妙なことだった。

こうなってしまったからには、精通するまではと待っていた題材を小説にすることはないだろう。しかし、それを書こうとして失敗することもまたないわけだ。たぶんおれは書けなかっただろう。そしてそれこそがずっと放りだして手をつけなかった理由だ。しかし、まあ、ほんとうはどうだったか知ることはもうないわけだ。いまとなっては。

「こなければよかった」女は言った。彼女はグラスを手に持ち、唇を嚙みながら言った。「パリにいたらあなたはこんなことに巻きこまれなかった。あなたはいつもパリを愛していると言ってた。わたしたちはパリに留まっているか、どこかほかに行けばよかったのよ。わたしはどこでもだいじょうぶだった。あなたが行きたい場所だったらどこでもいいってわたしは言ったわよね。もしあなたが狩猟をしたいんだったらハンガリーに行けばよかったし、そこで快適に過ごせたはずよ」

「きみのろくでもない金でな」かれは言った。

「そんなことを言うのはフェアじゃないわ。お金はいつもわたしのものだったけど、同時にあなたのものでもあったはずよ。すべてあなたにまかせたし、あなたが行きたいところにはどこでも行って、あなたがしたいと思うことは全部やってきた。でも、ここになければよかったと思うわ」

「きみはきてもいいと言った」

「あなたに問題がなかった時はね。でもいまはそのことが憎らしいわ。なぜあなたの脚がこんなことになってしまうか分からない。どうしてこんなふうになったの？　わたしたちが何をしたっていうの？」

「たぶん、引っかき傷がついた時、ぼくがヨードチンキをつけるのを忘れたからだ。その後もぼくは何も手当てしなかった。傷が膿んだことなんてなかったから。それから、たぶん、悪化しはじめた時、ほかに殺菌剤がないから、効き目の薄い石炭酸の溶液を使ったせいだ。それが毛細血管を麻痺させて、壊疽がはじまった」彼女の顔を見てかれは言った。「ほかに何かあるかな」

「そういう話をしてるんじゃないわ」

「もし未経験のキクユ族の運転手の代わりに、ちゃんと整備のできる人間を雇っていたら、オイルのこともちゃんと考えて、トラックのベアリングを焼き潰すこともなかっただろう」

「そういう話をしてるんじゃないのよ」

「もし、きみが自分の属する人たちのもとを去らなかったら、きみのいまいましくも懐かしいウエストベリー、サラトガ、パームビーチの人たち、ぼくを引き受けるために、そういう人間のもとを去らなかったら……」

「ああ、わたしはあなたを愛してたのよ。そういうふうに言うのはフェアじゃないわ。わたしはいまでもあなたを愛してる。わたしはいつもあなたを愛しているわ。あなたはわたしを愛してないの？」

「愛してない」男は言った。「愛してるとは思わない。愛したことはなかった」

「ハリー、何を言ってるの？　頭がどうかしてしまったの？」

「いや、ぼくにはそもそも頭なんてないんだ」

「飲まないで」彼女は言った。「お願いだからそれを飲まないで。わたしたちはできることを全部しなくちゃいけないのよ」

「きみがやるんだ」かれは言った。「ぼくは疲れた」


いま心のなかで見ているのはカラガッチの駅で、かれの手には荷物があり、目の前の暗闇を切り裂く光はシンプロン・オリエント急行の前照灯で、退却が終わって、トラキアを出発するところだった。それはいつか小説にするためにとっておいた題材のひとつで、ほかにも題材はあり、朝食の時、窓から外を眺め、ブルガリアの山々の雪を眺め、老いたナンセンの秘書がナンセンにあれは雪なのかと尋ね、かれはそれを見て答えるのだ。いや、あれは雪じゃない、雪には早すぎる。それで秘書はほかの若い女たちに向かってその言葉を繰りかえす。違うわ、もちろんそうに決まってるじゃない。あれは雪じゃない、みんなそう言う。雪じゃないのね、わたしたちはみんな間違っていたわ。けれどそれはたしかに雪だった。そしてナンセンはそこに人々を送りこんだ。相互植民を推進していた時に。雪だったのだ。その冬、かれらが踏みいったのは。死ぬまで踏みいったのは。

　雪だった。その年、おれたちは樵《きこり》の家で過ごした。部屋の半分を大きな四角い陶器のストーヴが占領していて、おれたちは橅《ぶな》の葉をつめたマットレスで寝た。その時、足を血だらけにした脱走兵が雪のなかから現れた。脱走兵は言った。憲兵がすぐそこまで追ってきている。おれたちは毛織りの靴下を与えた。そして憲兵たちに話しかけて足跡が吹きだまりになるまで引き留めた。

　シュルンツだった。クリスマス、雪はものすごく輝かしく、教会から家に戻るひとりひとりを小さな居酒屋の窓辺から見ていると、目が痛くなった。橇《そり》で均《なら》され、小便色に染まった道を歩いたのはそこにいた時だった。松に覆われた傾斜のきつい丘陵に沿って川が流れていて、その川沿いの道を歩く時、スキーは肩に食いこんだ。その土地だった。マドレーナー・ハウスの上の雪渓をかれらは豪快に滑りおりた。見た目には雪はケーキの糖衣のように滑らかで、白粉《おしろい》のように軽く、かれは無音の突進を、あの速度を思いだした。鳥のように滑りおりた時の。

ブリザードのせいでかれらはマドレーナー・ハウスに一週間閉じこめられ、そのあいだ煙草の煙が立ちこめるなか、ランタンの光の下でカードをし、賭け金はレント氏が負けるにしたがって上がりつづけた。結局かれはすべてを失った。スキー教室のすべての金、その年の稼ぎすべて、それから元手の全部を。ありありと思い浮かべることができた。レント氏の長い鼻、カードに触れ、見ないで開けるところ。サン・ヴォワール《サン・ヴオワール》その頃は賭事ばかりしていた。雪がないと言っては賭けをし、雪が多すぎると言っては賭けをした。人生のすべてを賭事をして過ごしてきたことをかれは思い起こした。

しかしかれはそれについては一行も書かなかった。あの冷たく明るいクリスマスについても書かなかった。平野の向こうに山並みが見えるクリスマス。バーカーはその平野を区切る前線を飛び越えて、オーストリアの士官たちが乗った休暇用の列車を爆撃し、ちりぢりになって逃げまどう士官たちに向かって機銃掃射した。かれは思いだす。その後、会食堂に入ってきて爆撃のことを話しはじめたバーカーを。そしてそれでどのくらい食堂のなかが静かになったかを。その時、誰かが言った言葉を。「このくそったれの人殺し野郎め」

　その連中はかれらが殺したオーストリア人の仲間だった。その後、一緒にスキーをしたのは。いや同じではなかった。ハンス、その年かれがずっと一緒にスキーをしたハンスは、チロルの山岳部隊にいたことがあり、製材所の上の小さな谷で一緒に野兎を狩っていた時、ふたりはパスビオでの戦闘について話した。それにペルティカとアサローネの戦いについて。そしてかれはそれについても一語も書かなかった。モンテ・コルノについても、セテ・コムニ、アルセードについても。

　何回くらいの冬をフォラルベルクとアルベルクで過ごしただろう。四回だった。それから、かれは狐を持ち歩いて売ろうとした男を思いだした。その時、かれらはブルーデンツに歩いて行ったのだ。贈り物を買うために、それにさくらんぼの味のする上等のブランデー《キルシュ》を買うために。一陣の強い風にあおられ、凍った雪面を滑ってゆく粉雪。「ハイホーとロリーは叫ぶ」を歌いながら、最後の斜面を崖まで直滑降で下った。それから果樹園を三回のターンでやりすごし、その外の掘割を越え、宿屋の裏の凍った道に出た。ビンディングを叩いてゆるめ、スキー板を蹴って外し、木造の宿屋の脇に立てかけた。窓から漏れるランプの光、なかには煙がたちこめ、若いワインが温かい香りを放ち、アコーディオンの音が鳴り響いていた。

「パリではどこに泊まったんだっけ」かれはすぐ横のカンヴァスの椅子にすわる女に尋ねた。いまは、ここは、アフリカだった。

「クリヨンよ。分かってるでしょ？」

「何でぼくが分かってるんだ？」

「わたしたち、いつもあそこに泊まったじゃない」

「いや、いつもじゃない」

「クリヨンかサンジェルマンのパヴィヨン・アンリ・カトル。あなたはあそこを愛してるって言ってたわ」

「愛っていうのは堆肥《たいひ》の山だ」ハリーは言った。「で、ぼくは面白がってその上に乗ってる雄鳥だ」

「もし、あなたが行かなければならないとして」彼女は言った。「その時は後に残すものをぜんぶ滅ぼす必要がほんとにあるの？　全部持っていかないとだめなの？　自分の馬を殺さなければならないの？　それに妻を殺して、鞍と鎧も燃やさなければならないの？」

「そうだ」かれは言った。「きみの呪われた金はぼくの鎧《アーマー》だった。ぼくを護る大富豪のスウィフトでありアーマーだった」

「やめて」

「分かった。やめよう。ぼくはきみを傷つけたくない」

「ちょっと遅すぎたわね」

「分かった、じゃあ、きみを傷つけるのをつづけよう。そのほうが楽しい。きみと一緒にやったことで唯一心から好きだったことは、いまはできないから」

「違うわ、それはほんとじゃない。あなたは多くのことを楽しんだ。そしてあなたが望んだことはみんなわたしもしたわ」

「ああ、いいかげん得意がるのはやめろ。そんなに得意になりたいか？」

かれは彼女を見て、泣いているのを知った。

「聞いてくれ。こういうふうにするのが楽しいと思っているのか？　なんで自分がこういうふうにしているのか分からない。君自身を生きつづけさせるために、いま殺そうとしているのかもしれない。話をはじめた時はぼくはだいじょうぶだった。こんなふうにはじめるつもりじゃなかった。なのに、ぼくはいま気が違ったみたいになってるし、できるかぎりきみに辛くあたっている。ぼくの言うことには一切注意をはらうな。愛しているんだ、ほんとうは。きみはぼくがきみを愛していることを知ってる。きみを愛するようにほかの誰かを愛したことはなかった」

かれはお馴染みの嘘のなかに滑りこんだ。かれはそれによって食い扶持を稼いできたのだった。

「あなたはわたしに優しいわ」

「雌犬」かれは言った。「金持ちの雌犬。で、これは詩だ。いまぼくは詩に満ちあふれている。腐敗と詩。腐った詩」

「やめて、ハリー。どうしてまた悪魔に戻らなきゃいけないの?」

「ぼくは何も残したくないんだ」男は言った。「後ろに何も残したくないんだ」

＊＊＊

夜だった。かれは眠っていた。太陽は丘の向こうに沈み、平原全体が暗くなり、キャンプの周囲では小さな動物たちが餌を食べていた。素早く沈む頭、一閃する尻尾、いま動物たちは低木林からだいぶ離れたところまで出てきていた。鳥はもう地上で待っていなかった。鳥はみんな一本の木に重たげに止まっていた。数がとても増えていた。かれの面倒を見ているボーイはベッドのかたわらにすわっていた。

「奥さま《メンサヒブ》は猟に行ったよ」ボーイは言った。「旦那《ブワナ》は欲しいか?」

「何も要らない」

彼女は動物の肉を手に入れるために出かけていった。狩猟を見るのをかれがどれほど好んでいるかをよく知っている彼女は、かれの視野にある丘に囲まれた狭い一帯を乱さないように余裕をもって遠くまで行った。あいつはいつも思慮深かった、とかれは考えた。何についても詳しかった。読んだものについて、あるいは耳にしたものについて。

彼女と生きていくことを決めた時、自分がすでに使い果たされていたことはあいつの失策ではなかった。ひとりの女に、おれの口にすることが無意味であることをどうして察知できただろうか。ただ習慣から話していたこと、ただ自分が楽になるためにだけ話していたことを。自分の話していることに意味をまったくこめなくなってから、自分の嘘は女たちにたいしてさらに成功するようになった。彼女たちに真実を語っていた時よりも。

かれは嘘を言っていたというより、語るべき真実を持たなかった。かれは自分の生活を持っていた。そしてそれはすでに終わり、その後かれは異なった人々と生きつづけ、より大きなお金と生きつづけた。似たような場所のなかで最高の場所で、あるいはいくつか新しい場所で。

おまえは考えることをやめたが、それはまったく不思議な感覚をもたらした。弱い人間ではなかったので、ああいうふうに自分を見失うことはなかった。連中の多くがそうなったようには。そしておまえは仕事にたいして無関心な態度をとった。自分がかつてやっていた仕事にたいして。もうそれをすることができなかったから。しかし、連中について書くつもりだと自分に言い聞かせていた。ものすごく裕福な人間たちについて、おまえがほんとうはそういう人間たちのひとりでないこと、彼らの国にいるだけのスパイであること、いつかそこを離れて、それを小説にすること、富者たちは一度だけひとりの人間の手で小説になる、自分が何を書いているか知っている人間の手によって、おまえはそういうふうに考えていた。けれどそれを書く日はこないだろう。小説を書かない一日一日、自分が蔑むもののなかで過ごす安楽の日々が、能力を鈍らせ、仕事にたいする意志を鈍らせた。ついにはまったく仕事から離れるまで。かれが仕事をしないいま、かれが知っている人々ははるかに気持ちのいい人間に思えた。人生のよい時期のなかでも、アフリカにいた時が一番幸福だった。だからかれはここにきた。スタートしなおすために。ふたりは今度のサファリを計画する時、快適さを最小限に留めた。わざわざ苦労の種を作ったわけではないが、贅沢なことは避けた。そしてかれはそうすることによってまた自分を鍛えることができると思った。ボクサーが体に溜まった脂肪を燃やすために山にトレーニングに行くように、そんなふうにトレーニングをして、魂から脂肪を削ぎ落としたかった。

彼女はそういうことを好んだ。そういうのがとても好きだと言った。彼女は刺激的なこと、目先が変わることは何でも好きだった。新しい人々がいるところ、物事が喜ばしいところは。そしてかれは仕事に必要な意志の力が戻ってきたような錯覚を抱いた。いまもしこんなふうにしてそれが終わるとしても、これが終わりだとたしかにかれは思っていたが、背骨が折れているからといって、自分の尻尾を噛もうとする蛇のように後ろを向くべきではなかった。あの女の過失ではなかった。もしも、彼女でなかったら、ほかの女になっていただろう。もしかれがひとつの嘘によって生きたというなら、かれはそれによって死ぬべきだろう。丘の向こうで銃声が上がった。

彼女は射撃がうまかった。魅力的で裕福な雌犬、優しい後見人、自分の才能の破壊者は。いやばかなことを言っている。自分の才能を台無しにしたのは自分だ。よくしてくれたという理由で、なぜあの女を非難しなければならないのか。おれは自分の才能をだめにした。使わないことによって、自分と自分の信じるものへの背信によって、知覚が鈍くなるほど酒を飲むことによって、怠けたせいで、たるんでいたせいで、俗物根性によって、自尊心によって、偏見によって、そのほかのあれやこれやによって。ここにいるこれはいったい何だったのか？　昔の本のカタログか？　ともかくおれの才能は何だったのか？　たしかに才能ではあった。けれど、おれはそれを使う代わりに金を稼ぐための材料にした。才能っていうのはおれがこれまでしてきたことじゃなかった。やろうと思えばできるはずのことだった。そしておれは生きていくための手段として、ペンや鉛筆以外の何かを選んだ。妙なことがもうひとつ。そうじゃないだろうか。女を愛した時、かならずその女は前からつきあっている女よりも金持ちだった。けれどあの女、みんなのなかで一番金を持っている女、ありったけの金を持っている女、夫とふたりの子供を持っていた女、恋人をたくさん持ち、かれらに満足しなかった女、かれを深く愛した女、作家としてのかれを、ひとりの男としてのかれを、同行者として、誇りに足る所有物として愛した女、あの女にたいして、愛する気持ちが消えて、ただ嘘をつくだけになったいま、不思議なことが起きた。彼女をまったく愛さなくなって、嘘をついているのに、彼女がくれる金への代償を前より多く与えることができるようになったのだ。ほんとうに愛していた時よりも。

われわれは自分たちがやっていることにふさわしく造られたに違いない。何で生計を立てていようと、その事実こそがすでに才能の現れなのだ。おれは活力を売ってきた。ある形もしくはべつの形で。すべての活力を。そしてどうやら愛情があまり濃すぎなければ、その金にたいしてより多く価値のあるものを提供できるようなのだ。おれはその事実を発見した。しかし、それを書くこともないだろう。そう、書くことはない。書く価値がとてもあるのだが。

彼女が視界に入ってきた。平原をキャンプのほうに向かって歩いてくる。彼女は乗馬ズボンをはいて、ライフルを持っていた。ふたりのボーイが小形のガゼルを持って、彼女の後ろを歩いていた。まだ見た目がいいし、好ましい体をしているとかれは思った。彼女はベッドでの彼女はすばらしい才能と正しい認識を発揮した。彼女はきれいではなかった。

けれどもかれは彼女の顔が好きだった。彼女はとにかく本を読んだ。乗馬を好み、射撃を好み、それからたしかに酒を飲み過ぎた。かつての夫は彼女がまだ若い娘と形容してもおかしくない頃に死んだ。そして彼女は大人になりかけていたふたりの子供の世話にしばらく自分を捧げた。子供たちのほうは彼女を必要とせず、そばにいることに当惑した。それから馬小屋に、本に、酒に身を捧げた。夕食の前に本を読むことを好んだ。そして読みながらスコッチのソーダ割りを飲んだ。夕食の頃にはすっかり酔っぱらい、夕食の席でワインを空ける頃にはいつも寝ていた。

それは恋人たちが現れる前のことだ。恋人を持つようになってから、彼女はそれほど飲まなくなった、なぜなら眠るために酔っぱらう必要がなくなったからだ。けれど恋人たちは彼女をうんざりさせた。彼女はけっして自分をそんな気持ちにさせない男と結婚した。恋人になった男たちは彼女をすっかりうんざりさせた。

それから子供のひとりが飛行機事故で死んだ。その出来事を乗り越えた時、彼女は恋人も酒も欲しいと思わなくなった。麻痺した状態から脱した彼女はべつの人生を作る必要に迫られた。彼女は突然ひとりでいることがとても恐ろしくなった。しかし一緒にいてくれる人間は尊敬できる人間でなければならなかった。

はじまりは単純だった。彼女はかれが書くものが好きだった。そして彼女はかれが送っている生活をつねに羨んでいた。かれは自分がしたいことを正確にしていると彼女は考えた。かれを獲得した手段、最終的に恋に落ちた経緯はすべてどこにでもある、ありふれた手順で進められた。彼女はその手順を踏んでいるあいだに自分の新しい生活を作り、かれは旧い生活の残りを売り払った。

かれはそれを安定した生活と快適さを得るために売った。拒むことはしなかった。それからほかの何を得るためにそうしたのだろう？　それは分からなかった。彼女はかれの望むものは何でも買って与えただろう。かれはそれを知っていた。それに彼女はとびきりいい女だった。かれはほかの誰かとベッドに入るよりは彼女と入りたかった。彼女のほうがずっとよかった。なぜなら、彼女はより金持ちだった。なぜなら彼女はとても好ましかったし、適切な認識を具えていた。それにまったく面倒を起こさなかった。そしていまこの生活、彼女がふたたび築きあげた生活は、期限の終わりを迎えようとしていた。二週間前、低木の刺で膝を引っかいた時にかれがヨードチンキを使わなかったからだ。ふたりは羚羊の群れが休んでいるところを写真に収めようとじりじりと前進していた。羚羊たちは顔を上げ、あたりを見まわし、鼻で風の匂いを嗅ぎ、耳をいっぱいに広げ、不審な音が少しでもすれば低木林に飛びこもうという態勢をとっていた。羚羊の群れもまたかれが写真を撮る前に逃げだした。

彼女がきた。

簡易ベッドに寝たまま首をまわして彼女を見て、「やあ」と声をかけた。

「小形のガゼルを仕留めたから、おいしい肉のスープを作ってもらうわ。粉ミルクを入れてポテトを潰させるつもりよ。どんな感じ？」

「だいぶいい」

「あら、素晴らしいじゃない。よくなるだろうってわたしが思ってたことは知ってるわよね。わたしがいなくなってから寝たの？」

「ぐっすり寝た。遠くまで行ったのか？」

「いいえ、丘の向こうにまわっただけ。あのガゼルを仕留めた射撃はとんでもないものだったのよ」

「きみは信じられないような射撃をする、言うまでもないけど」

「好きなの。いつもアフリカが好きだったわ。ほんとに。あなたに問題がなかったら、いままで経験したなかで一番楽しいんじゃないかしら。あなたは知らないでしょうね。あなたと射撃するのはすごく嬉しいのよ。わたしはこの国が好き」

「ぼくも好きだ」

「ねえ、あなたには分からないでしょうね。あなたがよくなっているのを見るのはほんとに素晴らしいわ。あなたがあんなふうに思ってるなんてとても耐えられなかった。もうわたしに向かってああいうふうに話さないわよね。そうよね？　約束してくれる？」

「できない。自分が何を言ったか思いだせないんだ」

「わたしにひどいことをしてはいけないわ、そうじゃない？　わたしはあなたを愛してるだけのただの中年の女で、あなたがしたいと思うことをしたいだけ。わたしはもう二、三回ひどいことをされた。またそうしようなんて思わないわよね。そうよね」

「ぼくはベッドの上できみにひどいことをしたい」かれは言った。

「ええ、そんなふうにひどくされるのはいいことよ。わたしたちはそんなふうにひどくされるようにできてるのよ。飛行機は明日やってくるわ」

「何で分かったんだ？」

「確信があるの。絶対くるわ。ボーイたちはもう木を集めたし、狼煙《のろし》を上げるための草も集めてある。今日また行ってみたの。着地する場所はたくさんあるわ。目印に二ケ所に狼煙の準備をすませてあるの」

「明日くるって、何でそう思ったんだ？」

「わたしはくるって確信してる。もうすっかり用意はできてるはずよ。それで町へ行ったらみんながあなたの脚を治療してくれる。それからわたしたちは少しばかりひどいことをするのよ。ああいう、言葉でやるようなものじゃなくて」

「酒を飲まないか。日が沈んだ」

「飲んだほうがいいと思うの？」

「ぼくは飲んでいる」

「一緒に飲みましょう。モロ、ウィスキー・ソーダ《レッティ・デュイ・ウィスキーソーダ》を持ってきて」彼女は声を張りあげた。

「蚊よけのブーツをはいたほうがいい」

「入浴してから……」

暗くなるまでふたりは酒を飲んだ。そして完全に暗くなる少し前、銃で狙うには光が足りなくなった頃、一頭のハイエナが丘をまわって平原を横切った。

「あいつはあそこを毎晩横切る。この二週間毎晩だ」

「あれが夜に音をたてる張本人ね。わたしは気にしないわ。けど、汚らわしい動物ね」

同じ姿勢のまま横になっているせいで不快な感じはあったが、苦痛と言えばそれくらいで、火を焚いているボーイたち、テントの上で踊るその影、ふたりで飲んでいると、それらを含めた喜ばしい降伏の人生が、黙従の感覚が戻ってくるようだった。彼女はとてもよくしてくれた。午後かれは残酷で不公平だった。彼女は申し分のない女だったし、実際驚異的なほどだった。そしてちょうどその時、自分が死につつあるという考えが頭のなかに湧いた。

それは噴出した。水の噴出とは違ったし、風のそれにも似てもいなかった。それは空虚の噴出だった。そしてそれは耐え難い悪臭を伴っていて、妙なことにその縁をさっきのハイエナが滑るような足取りで歩いていた。

「何なの、ハリー？」彼女が尋ねた。

「何でもない」かれは言った。「もっとそっちのほうに寄ったほうがいい。風のくるほうに」

「モロは包帯を換えた？」

「ああ、いまは硼酸軟膏《ほうさんなんこう》を塗ってる」

「どんな感じ？」

「少し眩暈がする」

「わたしはお風呂に入ってくるわ」彼女は言った。「すぐ出てくるから、一緒に食べて、それからベッドをなかに入れるわ」

では、とかれは自分に言った。おれたちは口論をうまく止めることができたのか。この女と口論することは決して多くはなかった。一方、愛した女たちとは盛大に口論した。いつも結局口論の末に消耗して、共有したものを殺してしまうのだった。自分はいつもあまりに愛しすぎた。あまりに要求しすぎた。そしてすべてを摩滅させてしまった。


かれはコンスタンティノープルでの孤独について考えた。出発する前に口論したのだった。かれは売春婦を買いつづけたが、その時間が過ぎると、内にある寂しさを殺し損ねたことに気づいた。よりひどくさせただけだった。かれは最初の女に手紙を書いた。

自分を置いていった女に。どんなふうに寂しさを殺すことに失敗したかを記して……。一度レジャンスの外で彼女を見かけたと思った時、自分がどんなふうになったか。かれは気絶しそうになったし、気分が悪くなった。それから彼女にどことなく似たひとりの女を見かけて、大通り《ブルヴァール》をどうやって追いかけたか。彼女でないことが分かるのを恐れ、その感覚を失くすことを恐れながら。一緒に寝た女たちの誰もが彼女をより恋しく思わせたこと。自分が彼女を愛することを止められないと気づいてから、彼女のやったことが気にならなくなったこと。かれはその手紙をまったく素面《しらふ》の時にクラブで書いた。そしてそれをニューヨークに送った。返事はパリの支局によこしてほしいと書きくわえた。そのほうが安全に思えたからだ。そしてその夜、あまりに彼女が恋しくなって、自分が空っぽになってしまったような気がして、タキシムの前をふらふらしていた。ひとりの若い女を拾い、夕食に誘った。その後、ダンスのできるところに行ったが、女のダンスは目もあてられないもので、それから彼女を棄てて刺激的なアルメニア人の売春婦に乗り換えた。アルメニア人の女は火傷するんじゃないかと思うくらい腹をこすりつけてきた。口論の末、英国海軍の砲兵隊の士官から横取りした女だった。士官はおもてに出ろといい、ふたりは暗闇のなか、丸石の通りで殴りあいをした。かれは士官の顎を横さまに殴った。しかし士官は倒れず、これは徹底的にやりあうことになるなとかれは腹をくくった。士官はかれの腹を殴った。それから目の横を。かれはふたたび左腕を繰りだして痛打を与え、士官はこちらに倒れながら、かれのコートを摑み、袖を引き裂いた。それから耳の後ろを二度横殴りし、押し返しながら、さらに右のパンチを見舞った。砲兵隊の士官は倒れて頭を打った。かれは若い売春婦を連れて逃げた。MPがやってくるのが分かったからだ。ふたりはタクシーに乗りこみ、ボスポラス海峡沿いのルメリ・ヒサルまで行き、そのあたりを走りまわり、それから夜の涼しい空気のなかを引き返してベッドに入った。見た目通り、女の体は締まりがなく、しかし肌はすべすべで薔薇の花びらのようだった。濡れていて、腹はぺったんこで、乳房が大きく、尻の下に枕を当てる必要がなかった。そして、日光の最初の光のなかでひどく薄汚く見える女が目を覚ます前にそこを去り、ペラ宮殿に行った。目のまわりを黒くし、片袖が失くなっていたのでコートを手に持って。

その日の夜、アナトリアへと出発した。そしてかれは思いだした。旅の後半、一日中、馬に揺られながら罌粟《けし》の花畑を突っきる道を進んだ。それは阿片をとるために栽培していたもので、そのせいでかれはとても奇妙な気分になった。しまいには距離感がどこを見ても曖昧になった。その土地で新たに到着したコンスタンティノス国王直属の士官たちと一緒になって、ギリシア軍は攻撃を加えていた。連中はまったくの間抜け揃いだった。大砲は軍勢に向かって発射され、イギリスの観戦武官は子供のように叫んでいた。バレエ用の白いスカートを履き、玉房飾り《ポンポン》が先についた尖った靴を履いた男たちの死体を見たのはその日がはじめてだった。トルコ人たちは鈍重だが着実な足取りで近づき、そしてかれはスカートを履いた兵士たちが逃げるのをすでに見ていた。そしてかれらに発砲して、その後で自分たちも逃げる士官たち。そしてかれとイギリスの観戦武官もまた逃げた。肺が傷むまで。口のなかが銅貨の味でいっぱいになるまで。そしてふたりは岩の陰に隠れた。トルコ人たちは相変わらず鈍重な足取りで進んできた。その後、かれは考えることさえできないことを目にした。そしてその後でもっと悪いものを見た。だから当時は、パリに戻ってからも、そのことについて話すことができなかった。また人が話題にすることにも耐えられなかった。そしてカフェの前を歩いていると、前のテーブルに皿を山のように積んで、じゃがいもさながらの顔に間抜けな表情を浮かべたあのアメリカ人の詩人がいて、ダダの運動についてルーマニア人と話をしていた。そのルーマニア人の名前はトリスタン・ツァラといって、いつも単眼鏡《モノクル》を掛け、頭痛に苦しんでいた。そして妻のいるアパートメントに戻り、愛する気持ちが戻り、諍いは終わり、狂気は去って、家に帰ったことを喜んだ。そして支局はかれの手紙をアパートメントに送った。だからその後、自分が書いた手紙への返事が、ある朝、書類皿に入っているのを見て、その表の筆跡を認めた時かれの全身は凍った、かれは急いでほかの手紙の下に滑りこませようとした。けれど、妻は言った。「あら、その手紙は誰からのなの？」そしてはじまったことは終わった。

かれは女たちと過ごした心地よい時間のことを全部思いだしてみた。それから諍いのことを。女たちはいつも言い争うための舞台として一番素晴らしい場所を選んだ。それになぜ女たちはかれが最高の気分でいる時を選ぶのだろうか。そういうことについてはまったく書かなかった。はじめのうちは誰も傷つけたくないという理由からそうした。そして後にはそれを書かなくてもほかに題材が十分あるように思えたので書かなかった。しかし、最後には書くだろうという気がいつもしていた。かれは世界の変化を見てきた。それは単に大きな事件という以上のものだった。かれはそれらの多くを見て、人間たちを観察してきた。それにかれはより微妙な変化も見てきたし、さまざまな時代に人々がどう生きたかを記憶に焼きつけていた。かれは渦中にいた。そして観察してきた。それを書き留めるのは自分の務めだった。けれどいまそれはできなくなった。

「どんな感じ」彼女は言った。彼女はいま入浴を終えて、テントから出てきていた。

「いいな」

「食べられる?」彼女の後ろに折りたたみ式のテーブルを持って立つモロの姿が見えた。ボーイのひとりが皿を持っていた。

「小説を書きたい」かれは言った。

「肉のスープを少し食べるべきよ。体力を維持するために」

「ぼくは今夜死ぬ」かれは言った。「力を維持することは必要じゃない」

「ハリー、お願いだから陳腐なお芝居みたいなことは言わないで」

「なんで、鼻を使わないいんだ。ぼくはもう太股の半分まで腐ってる。いったい全体、肉のスープで何をやれっていうんだ。モロ、ウィスキーソーダを持ってきてくれ」

「スープを飲んで」彼女は穏やかに言った。

「分かった」

肉のスープは熱すぎた。飲めるようになるまでカップを持ってそのまま待たなければならなかった。そして、吐いて戻すことなく何とか飲みきった。

「きみは素晴らしい女だ」かれは言った。「おれのことはもう気にしないでくれ」

彼女は見返した。『スパー』や『タウン・アンド・カントリー』でとても広く知られ、とても愛された顔。ただ酒のせいで少しだけやつれ、ベッドでの経験のせいでやはり少しだけやつれていた。が、『タウン・アンド・カントリー』はこれらの立派な胸を見せなかったし、役にたつ太股と、軽やかに腰のくびれを愛撫するこの手を見せなかった。彼女にあらためて視線を向け、よく知られた好ましい笑みを見た時、かれはまた死が近づいたのを感じた。今度はそれは噴出ではなかった。それは一瞬湧きたった風だった。蠟燭の炎を揺らめかせ、背伸びさせる風。

「後でモロたちにぼくの蚊帳を外に出して木に掛けさせて、火をおこしてもらう。ぼくは今夜はテントに入らない。わざわざ動くこともない。空が澄んでる。雨はまったく降らないだろう」

では、自分はこういうふうにして死ぬのだ。自分には聞こえない囁きのなかで。とにかく、もう諍いはないだろう。それは断言できた。自分が経験したことのない、唯一とも言えるその経験をいまだめにするつもりはなかった。自分はたぶんだめにするだろう。お前はすべてをだめにしてきた。しかしたぶんしないだろう。

「口述筆記はできたっけ？」

「勉強しなかったわ」彼女は言った。

「そうか」

もちろん時間はなかった。もし正しくやれたら、それはひとつの段落にすべて収まるくらいまで縮まっているように見えるのだが。

湖の畔には丘があり、そこに白いモルタルで隙間をふさいだ木の家がある。家の向こうは畠で、その向こうは森だった。ロンバルディーポプラがその家から列をなして船着き場までつづいていた。ほかのポプラは岬を縁取るように並んでいた。道は森の縁に沿って丘陵まで延びていて、道端でかれはやぶいちごを摘んだ。その後、木の家は火事で焼け、大きな暖炉の上に突きだした一対の鹿の脚に掛かっていた銃はみんな焼け、溶けた鉛の銃弾を弾倉に収めた銃身や銃床が後になって灰の堆積のなかから見つかった。灰は洗剤を作るために大きな鉄釜に入れられた。祖父に灰に埋もれたもので遊んでいいかと訊ねると、祖父はだめだと言った。それは依然として祖父の銃だったのだ。祖父は新しい銃は買わなかった。狩猟は全然やらなくなった。家は同じ場所にまた建てられた。木で造られ、白く塗られ、ポーチからポプラが見え、その向こうに湖が見えた。けれどそこにはもう銃はなかった。木の家の壁の鹿の脚に掛かっていた銃の銃身は、灰の堆積のなかに散らばっていた。そして誰も触らなかった。

戦争の後、ぼくたちは黒森のある川を貸切り状態にして鱒を釣った。そこまで行くにはふたつの道があった。ひとつはトリベルクから谷を下る行き方で、木の影が縁取る谷の白い道を通り、それから脇道を登って丘陵を抜ける。多くの小さな農場、黒森特有の大きな家を具えたそれらをいくつか過ぎて、川と交差するまでその道を歩く。するとぼくたちが釣りをはじめた場所にでる。

もうひとつの道は森の縁の急傾斜を登る行き方だ。そしてそれから丘陵の松に覆われた頂上を通って草地の端まで行き、そこから草地を通って橋まで下る道だ。川に沿って樺の木が生えていた。川は大きくはない。川幅はむしろ狭く、澄んでいて、流れは速く、淵があり、淵では水は樺の木の根の下を通って流れた。トリベルクのホテルの持ち主にとってその年のシーズンは景気のいいものだった。ホテルはひじょうに気持ちのよい場所で、ぼくたちはみな大の親友だった。つぎの年、物価が暴騰した。前の年に稼いだ金ではオープンするために必要なものを揃えることができなかった。かれは首を吊った。

それを口述しようと思えばできた。けれど、コントレスカルプ広場のことを口述するのは無理だろう。花売りたちは通りで花を染めた。染料は舗道を伝ってバスの発車する場所まで流れていった。老いた男や女たちがいつもワインや安い絞り滓ブランデー《マール》を飲んでいた。冷気のなかで鼻水を垂らしている子供たち。カフェ・デ・ザマトゥールの耐えがたい汗の匂い、貧乏の匂い、酒臭さ、それに大衆ダンスホール《バル・ミュゼット》の売春婦。ふたりはその建物の上に住んでいた。自分の小部屋で騎兵隊兵士を愉しませる女門番。椅子の上に置いた馬の毛の飾りつきの兜。ホールの向こうに住んでいるのは夫婦者で、男のほうは自転車競争の選手だった。妻のほうはある朝、簡易食堂で大いなる歓びを見いだした。彼女はそこで『自動車《ロート》』を広げ、亭主が最初の大きなレース、パリ―トゥール間のレースで三位に入賞したことを知ったのだ。彼女は顔を紅潮させ、高く笑い、それから黄色い新聞を握りしめて、叫びながら上の階に駆けあがった。バル・ミュゼットを経営していた女の亭主はタクシーの運転手で、かれ、ハリーが、朝早い飛行機に乗らなければならない時はドアをノックしてハリーを起こし、ふたりは出発する前にバーの亜鉛板のカウンターでワインを一杯飲んだ。かれはその頃その地区の隣人たちをよく知っていた。みんな貧しかったのだ。

　その地区には二種類の人間が住んでいた。酒好きとスポーツ好きで、酒好きは酒で貧乏を殺し、スポーツ好きは練習によってそれを閉めだした。かれらはパリ・コミューン支持者たちの子孫で、自分の政治的態度を知るのはかれらにとって造作もないことだった。誰が自分の父親を、親戚を、友達を撃ったか、かれらはよく知っていた。パリ市政府《コミューン》が瓦解した後、ヴェルサイユの兵士たちが街に押し寄せ、占拠し、捕まえた者を片っ端から処刑した。手に胼胝《たこ》のある者、もしくは帽子をかぶった者、あるいは労働者である証拠を具えた者を処刑した。そして貧窮のなかで、一軒の馬肉屋とワインの協同組合の小売店からはじまる通りがある街区で、かれは自分が書くことになったものの最初の一行目を書いた。パリのなかでその街区ほど愛したところはなかった。枝を広げた木々、下が茶色で上が白い漆喰の外壁の古い家々、円形の広場に停まる緑色の胴長のバス、舗道まで染める花用の紫の染料、丘から河に向かうカルディナル・ルモワール通りの急な坂。そして反対側に延びるムフタール通りの何とも狭く雑然とした小世界。パンテオンに向かう通り。それにかれがいつも自転車で走った通り、その区で唯一アスファルトで舗装された道路は、タイヤの下で滑らかだったし、道沿いには縦長のほっそりとした家々が並び、ポール・ヴェルレーヌが息をひきとった背の高い安ホテルもあった。ふたりの住んだアパートメントには部屋がふたつしかなかったので、かれはそのホテルの最上階に部屋を借りた。借り賃は一月六十フランで、そこでかれは小説を書いた。そこからは屋根の海が見え、煙突が見え、丘陵に広がるパリの街がすべて見渡せた。

アパートメントからは森と石炭商の店だけが見えた。そこではワインも売っていた。下等なワイン。馬肉屋の外に飾られた金色の馬の首。窓辺に屠殺された馬がぶらさがり、開いた窓から黄味がかった金色と赤を帯びた肉が見えた。そして緑色の協同組合の店、そこでみんな自分の飲むワインを買った。いいワイン、安いワインを。後は隣の家の漆喰の壁と窓だった。夜になると、誰かが酔って道に寝転がり、呻いたり唸ったりした。フランス的酩酊状態の典型であるそれは存在しないと宣伝されているのだが、隣人たちはそんな時、窓を開けて小声で話しあった。

「警官はどこだ？　用がない時にはいつもいるくせに。どこかの門番の女とでも寝てるんだろう。警官を呼んでこい」それは誰かが窓からバケツで水をぶちまけて、呻きがやむまでつづく。「何だ？　水か。ほう、何て頭がいいんだ」そして閉まる窓。マリー、かれの家政婦は八時間制に抗議して言った。「もし亭主が六時まで働いたなら家に帰る途中で酒を飲むのは少しですんで無駄遣いしない。けど、五時までしか働かないんだったら、亭主は毎日飲んで、すっからかんになってしまう。短くなって苦しむのは労働者の女房なんですよ」

「もう少し肉のスープを飲む？」女はかれに尋ねた。

「いや、いらない。すごくおいしかった」

「もう少し食べてみて」

「ウィスキーソーダが飲みたい」

「身体の負担になるわ」

「そうだな、負担になる。コール・ポーターがそんな歌詞を書いて曲を作ったな。きみがぼくに夢中だと、ぼくには負担になる、そういう歌詞じゃなかったか」

「わたしが飲ませてあげたいと思ってるのは分かるでしょう？」

「分かるよ、ただ負担になるだけだ」

　彼女がいなければ、とかれは考えた。自分は飲みたいだけ飲むだろう。いや飲みたいだけではなく、あるだけ飲むだろう。しかし、かれは疲れていた。疲れすぎていた。少し眠るつもりだった。かれは静かに横たわり、死はそこにいなかった。べつの通りにそれたに違いない。それはふたり一組で進んだ。自転車で。完全に無音で舗道の上を進んだ。

いや、自分はパリについて書かなかった。関心を持っていたのはパリではなかった。しかし、自分が書かなかったほかのことは何だろう？

農場について、銀灰色の蓬《よもぎ》、灌漑用水路の澄んだ速い流れ、紫馬肥やしの濃い緑。踏み分け道は丘陵までつづき、夏の牛は鹿のように臆病だ。秋になって山から下ろそうとする時の鳴き声、絶え間ない音の洪水、緩慢に動く群れ、舞いあがる埃、そして山並みの向こう、夕暮れの光に浮かびあがる山頂の冴えた形、それから馬に乗って下る月明かりの道、光る谷。いまかれは思いだす。あまりにも暗かったので馬の尻尾を摑んで夜の森を抜けたこと、そして書くつもりだったすべての話を。

下働きの頭の少し弱い少年。農場で留守番を任され、干し草を少しでも盗まれてはいけないとあの時言われた少年。それにフォーク家の老いたやくざ者。少年はその老人の下で働いたことがあった。老人はその頃少年を殴った。その老人が飼い葉を手に入れるために農場に立ち寄った。断る少年にまた殴るぞと脅す老人。少年は台所からライフルを持ちだし、納屋に入ろうとする老人を撃って、農場に帰ったみんなが発見したのは死んですでに一週間になる老人の死体だった。畜舎のなかで凍って、犬が一部を食べていた。それで残りを毛布に包み、ロープで橇に結わえつけ、少年にも運搬の手助けをさせることにした。少年と自分はスキーをつけて、町までの六マイルを橇を引っ張って進んだ。少年を警察に引き渡さなければならなかった。逮捕されるだろうということはまったく頭にない少年。務めを果たし、友達であるおまえから褒美がもらえるはずだと考えている少年。少年が老人の死体を運ぶのを手伝ったのは、老人がどんなに悪いことをしたか、どんなふうに自分のものでない干し草を盗もうとしたかをみんなに知ってもらうためだった。郡保安官が手錠を掛けた時、少年は信じられないという表情を浮かべた。それから泣きだした。それはいつか書こうとかれがしまっておいた話だ。かれは悪くない話を少なくとも二十はあの場所で手にいれたが、ひとつも書かなかった。なぜだろう?

「みんなに理由を教えてやってくれ」かれは言った。

「なんの理由?」

「なんでもない理由だよ」

彼女はいまはそうたくさん飲まなかった。かれを手に入れたからだ。しかしもし生き延びたとしても、自分は彼女について決して書かないだろう。それはいま分かった。いやかれらの誰に関しても書かないだろう。金持ちは退屈で、あまりに酒を飲み過ぎた。それにバックギャモンをやりすぎた。退屈で繰り返しが多かった。かれは貧しいジュリアンと、かれが抱いていた金持ちへのロマンティックな畏怖を思いだし、どういうふうにかれが話をはじめたかを思いだしした。ジュリアンはこんなにふうに書きはじめた。「とてつもない金持ちというのはぼくやきみとは違っている」そして誰かがジュリアンに言った。そうだよ、連中はもっと金を持っているからな。けれどその言葉はジュリアンの耳にはユーモアに聞こえなかった。かれにとって金持ちというのは特別な魅力に満ちた種族であった。そしてそうではないことを発見した時、その事実はほかの理由とあいまってジュリアンを破滅させた。

かれは破滅した人間たちを軽蔑してきた。理解できるからそのことを好きにならなければならないということはなかった。かれはどんなものであれ、自分は粉砕することができると考えた。もし自分が関心を持たなければ、なにものも自分を傷つけることはできないと考えたのだ。

いいだろう。いま自分は死に関心を持つことをしない。自分がひどく恐れつづけたのは苦痛だった。自分はほかの者が耐えられる程度の苦痛であれば耐えられた。長くつづきすぎて、消耗しきらなければ。しかし、ここでひどく自分を損なうものを見出し、そしてそれが自分を破壊するのを感じた瞬間、苦痛は止んだ。

かれははるか昔に、爆撃士官のウイリアムソンが手榴弾にやられた時のことを思いだした。その夜、鉄条網を抜けようとした時、ドイツの斥候のひとりが投げたのだ。ウイリアムソンは絶叫し、殺してくれとみんなに懇願した。かれは太っていた。とても勇敢だった。そしてショー見物に血道をあげていたけれどなかなかいい士官だった。その夜、かれは鉄条網に捕らえられ、照明弾がかれの体を闇のなかに浮かびあがらせた。ウイリアムソンの内臓は鉄条網の上にこぼれたがそれでも生きていて、運びいれる時、みんなで鉄条網から切り離さなければならなかった。撃ってくれ、ハリー、頼むから撃ってくれ。みんなで一度、議論したことがあった。われらが主は人間を耐えられないもののところに送らないということについて。そして誰かの意見はこうだった。それが意味するのは、ある段階になれば、苦痛はひとりでに人間を素通りするということだ。けれどかれはいつもウイリアムソンのことを思いだした。あの夜、かれが自分のモルヒネの錠剤を全部飲ませるまではウイリアムソンを素通りするものは何もなかった。それはいつも自分で使うために持っていたもので、全部飲ませてもすぐには効かなかった。

けれどもいま自分の身に起こっていること、それはとても楽なものだった。そして今後これ以上悪くならないのだったら、心配することは何もなかった。自分がよりよい人々と一緒にいたいと望んでいること以外には。

かれは少しのあいだいま一緒にいたいと思う人々について考えた。自分が望む人々について。

いや、とかれは思った。どんなことでも長くやりすぎ、遅くなりすぎれば、誰かがまだ残っていると期待することはできない。人はすでに去ってしまった。パーティーは終わり、もてなしていたおまえは女主人といまここに残された。

おれは死に退屈しつつある。ほかのすべてと同様に。かれはそう思った。

「退屈なもんだ」かれは声に出して言った。

「何が?」

「おまえがやることは何でもひどく時間がかかりすぎる」

かれは自分と火のあいだにある彼女の顔を見た。彼女は椅子に深くすわっていて、焚き火の光が感じよく皺のよった顔を照らしていた。彼女は眠そうに見えた。火の光が届かない場所でハイエナが動く音がした。

「ずっと書いてたんだ」かれは言った。「けど疲れた」

「眠れると思う?」

「もちろんさ、なぜきみはベッドに入らないんだ?」

「あなたのそばにすわっているのがいいの」

「妙な感じでもするのか？」かれは彼女に尋ねた。

「いいえ、ただちょっと眠いだけ」

「ぼくは妙な感じがする」

かれはふたたび死が近くにきたのを感じたところだった。

「知ってるだろうが、いままでぼくが唯一失わなかったものは好奇心だ」かれは言った。

「何も失くしてなんかいないわ。あなたはわたしが知っている人間のなかで一番完璧な人間よ」

「やれやれ」かれは言った。「女が知っていることってのは何て少ないんだ、それは何だ、きみの直感か？」

なぜなら、ちょうどその時、死がやってきて、簡易ベッドの下端に頭を載せていて、かれはその息の匂いを嗅いだのだ。

「大鎌と骸骨なんて話は信じるな」かれは言った。「自転車に乗ったふたりの警官になることもできる。それも簡単にできるんだ。でなけりゃ鳥だ。そうでなきゃ、長い鼻面の何かにもなれる。ハイエナみたいな何か」

いまそれはかれの上に乗っていた。けれどもう形を持たなかった。ただ空間を埋めているだけだった。

「どこかに行くように言ってくれ」

それは行かなかった。少し近づいた。

「おまえの口は臭い」かれは言った。「臭い野郎だ」

それはかれに近づいた。そしてかれが喋ることができないのを見て、さらに近づいた。かれは口をつぐんだまま追い払おうとした。しかしそれは体の上を這って進み、体重がすべて胸の上にかかった。そしてそこにそれがうずくまっているあいだ、かれは動くことも喋ることもできなかった。女の声が聞こえた。「旦那《ブワナ》は眠ったみたい。ベッドを静かに持ちあげてテントのなかに運んで」

それをどこかに追いやって欲しいことを、彼女に伝えることができなかった。それはうずくまっていた。より重くなって。だからかれは息ができなかった。そしてその時、かれらが折りたたみベッドを持ち上げた瞬間、突然すべてが正された。胸から重さが消えた。


朝だった。明けてからもうだいぶ経っていて、飛行機の音が聞こえた。飛行機はとても小さく、上空で大きな輪を描き、ボーイたちが走りでて、灯油を使って火をおこし、草を積み重ね、平坦な一帯の両側にふたつの大きな狼煙《のろし》を作った。そして朝の微風《そよかぜ》が煙をキャンプのほうに押しやり、飛行機はさらに二度、今度はさっきより低い位置で輪を描き、それから降りてきて、水平飛行に移り、滑らかに着陸して、歩いてかれのほうにやってきたのは、お馴染みのコンプトンで、動きやすいズボンを履き、茶色いフェルトの帽子をかぶっていた。

「どうしたい、大将」コンプトンは言った。

「脚が悪い」かれは答えた。「朝飯でも食うか？」

「ありがとう、お茶を少しもらおうか。こいつはプス・モスだ。分かるだろうが、奥さん《メンサヒブ》は連れて行けない。ひとり分しか余裕がないんだ。きみたちのトラックはこっちに向かってる」

ヘレンがコンプトンを脇につれていき、しばらく話しこんでいた。コンプトンはさっきより陽気になって戻ってきた。

「すぐにあんたを乗せる」かれは言った。「奥さんのために戻ってくる。アルーシャに降りて燃料を補給する必要があるんじゃないかって心配だがね。もう出発したほうがいいな」

「お茶はどうするんだ」

「ほんとはそんなに飲みたくないいんだ、知ってるだろ？」

ボーイたちが簡易ベッドを持ちあげ、緑のテントを回り、岩に沿って進み、平原に出て、盛大に燃えている狼煙の横を過ぎた。積みあげた草にはすっかり火が回っていて、風がそれを小さな飛行機のほうに向けてあおいでいた。飛行機に乗せるのは難しかった。

しかし、何とか革の座席に寝かせることができた。片足はまっすぐにされてコンプトンの座席の横に固定された。コンプトンはモーターをスタートさせ、飛行機に乗りこんだ。かれはヘレンやボーイたちに手を振り、そしてからからという音はやがてお馴染みの轟きに変わり、疣猪《いぼいのしし》の穴がないか目を配るコンピーの操る小さな飛行機は方向転換し、唸り、跳ね、火のあいだを抜け、最後にもう一度跳ね、空に浮きあがり、かれは下で立ちあがって手を振るみんなを見おろしていた。それに丘の横のいまでは平たく見えるキャンプ、広がる平原、点在する小さな森、やはり平たくなった低木林を。一方で、猟獣に踏み固められた道は、いまは滑らかな線を描いて干上がった水溜まりにつづき、そこには自分の知らなかった新しい水溜まりがあった。いまは背中が丸く見える縞馬、それにヌーの群れ、大きな頭を持った点が群れていて、それは空に駆けあがろうとしているように見えた。かれらは指が分かれるようにいくつかの列を作っていたが、いま影が自分たちのほうに向かってくるので、散らばりはじめていた。いまかれらはとても小さかった。そして駆けているのかもう見分けがつかなかった。古馴染みのコンピーのツィードの背中と茶色いフェルトの帽子の前方に、灰色がかった黄色を帯びた平原が、視界の際までつづいていた。それからふたりは最初の丘陵を越えた。斜面をヌーの群れが登っていた。そしてそれから山脈を越えた。山脈には不意に深くなる谷があり、斜面は緑の木々で膨れていた。びっしりと竹に覆われた斜面もあった。それから峰や谷を装飾するように交錯して広がる深い森がふたたび現れた。そしてなだらかになっていく山並み、新たな平原。それは熱気を湛えているようで、紫がかった褐色を呈していた。熱気のため突風があり、コンピーは客がどうしているか振り返った。それから前方にべつの暗い色をした山脈が現れた。

そしてアルーシャに行くかわりに、飛行機は左に進路をとった。コンピーは明らかに燃料が間に合うと判断したらしかった。見下ろしたかれの目に篩《ふるい》からこぼれたようなピンクの雲が映った。どこからともなくやってくるブリザードの最初の雪のように、それは地をなめるように空中を移動していた。それは南から飛んできた蝗《いなご》だった。蝗の群れは上昇しはじめ、東に向かうように見えた。そしてそれから暗くなり、嵐のなかに突っこんだ。雨はとてもひどく、滝のなかを飛んでいるようだった。雨から脱出した時、コンピーは振り返り、にやりと笑って前方を指さした。そこには視界のすべてを覆って、世界と同じほど広く、高く、巨大で、陽光を集めて無窮の白さを放つものがあった。キリマンジャロの頂きだった。その時かれは自分が向かっているのがそこであることを知った。

ちょうどその時、ハイエナが夜のなかで哀れっぽく泣くのを止め、人間の泣き声のような奇妙な声を出しはじめた。女はそれを聞いて落ち着かなそうに身じろぎをした。彼女は起きなかった。夢のなかで彼女はロングアイランドの家にいて、それは娘が社交界に出る前の日だった。どういうわけか父親がいて、とても不作法な振る舞いをしていた。そしてハイエナの声がずいぶん大きくなり、彼女は目を覚ました。しばらく自分がどこにいるか分からず、とても恐かった。それから彼女は懐中電灯を取りあげ、もうひとつの簡易ベッドを、ハリーが寝た後に運びこんだベッドを照らしてみた。蚊帳の内側にかれの大きな体が見えたが、どういうものか脚を外に出していて、それはベッドのわきに垂れさがっていた。包帯はすべて外れて、正視することができなかった。

「モロ」彼女は呼んだ。「モロ、モロ」

それから声をかけた。「ハリー、ハリー」それからもっと大きな声でつづけた。「ハリー、お願いだから、ああ、ハリー」

返事はなく、彼女はかれの息づかいを聞くことができなかった。

テントの外でハイエナが同じ声をあげた。彼女を目覚めさせた声を。けれどハイエナの声は自分の心臓の音のせいで聞こえなかった。

橋のたもとの老人

鉄縁の眼鏡をかけて、埃まみれの服を着た老人が、道の横にすわっていた。その地点には浮き橋があり、荷馬車やトラックや男や女や子供がその橋を渡っていた。騾馬《らば》に牽かれた荷車が橋を渡ったものの、土手の急な傾斜を登るのに苦労していて、兵隊たちが車輪の輻《や》に手をかけて押していた。トラックがじりじりと斜面を登り、それから周囲のすべてを後に残し、走り去った。農民たちは踝《くるぶし》まで土埃に埋まりながら、とぼとぼと歩いていた。けれど老人はじっとしてそこにすわっていた。疲れすぎていて先へ進めなかったのだ。

橋を渡るのがぼくの務めだった。川の向こうには敵の前進基地があり、どのあたりまで侵攻してきたかを探るのがぼくに与えられた任務だった。それを遂行し、ぼくは橋を渡って戻ってきた。もう荷車もそんなに多くなかったし、徒歩の者もほとんどいなかった。けれど老人はまだそこにいた。

「どこからきたんだ」ぼくは尋ねた。

「サンカルロスからだ」と老人は答えて、笑みを浮かべた。そこは老人の生まれた町だった。その名前を口にすることは喜びで、だから笑みが浮かんだのだった。

「動物の世話をしてたんだ」と老人は説明した。

「なるほど」何のことを言っているのか分からないまま、ぼくはうなずいた。

「そうなんだ」老人は言った。「分かるだろう。町に残って動物の世話をしてたんだ。サンカルロスの町に残った最後のひとりだったよ」

老人は羊飼いには見えなかったし、牛飼いにも見えなかった。ぼくは埃まみれの黒い服と、同じく埃まみれの灰色の顔や鉄縁の眼鏡を見ながら言った。「何の動物の世話をしてたんだ?」

「色んな動物だ」老人はそう言い、それから首を横に振った。「置いてこなけりゃならなかった」

ぼくは橋と、それからアフリカを思わせるエブロ川の三角州を監視していた。そして敵が現れるまであとどのくらい時間が残っているのか考え、そのあいだずっと耳を澄ましていた。接触と呼ばれるつねに曖昧な出来事の発生を伝える音を予期しながら。老人のほうは同じ場所にすわっていた。

「三匹の動物がいっしょにいた」かれは説明した。「二匹の山羊と一匹の猫だ。それに鳩の番《つがい》が四組いた」

「で、それを後に残してきた？」ぼくは言った。

「ああ、大砲のことがあったから。大尉が町を出ろって言った。大砲のことがあったから」

「家族はいないのか」橋の向こう側を見ながらぼくは尋ねた。最後の荷車が四、五台、土手の傾斜を急いで下っていた。

「いない」かれは言った。「いま言った動物だけだ。猫はもちろんだいじょうぶだ。猫ってのは自分の面倒は自分でみられる。けどほかの動物がどうなるか想像もできない」

「あんたはどっちの政策を支持してるんだ」ぼくは尋ねた。

「政策とかはないんだ。おれは七十六歳だ。いま十二キロ歩いてきた。もうこれ以上遠くには行けないと思う」

「ここで立ちどまっていてはよくない」ぼくは言った。「分かるだろう？　トラックが通る。ここで分かれてトルトサに向かうんだ」

「もう少しこうしてる」かれは言った。「それから行くよ。あのトラックはどこへ行くんだ？」

「バルセロナだ」ぼくはかれに教えた。

「そっちのほうに知りあいはいないな。けど、ありがとう、あんた。すごくありがたいよ」

　老人はぼんやりとした、とても疲れきった顔でぼくを見た。それから自分の心配を誰かと分かちあうために言った。「猫はだいじょうぶだろう。それは間違いない。猫については心配はいらない。けどほかのみんなだ。ほかについてはあんたどう思うね」

「ああ、たぶんみんな無事に切り抜けるだろう」

「そう思うかね」

「そうならないはずがない」向こう側の土手を見ながらぼくは言った。荷馬車はいまそこには見えなかった。

「けど、大砲を撃たれたらどうするんだろう。大砲のことがあるから町を出ろと言われたんだ」

「鳩の小屋の鍵は開けてきたのか」ぼくは言った。

「ああ」

「だったら飛んでくだろう」

「そうだな、そりゃそうだ。鳩は飛んでく。けど、残りだ。残りのことは考えないほうがいいだろうな」かれは言った。

「あんたが休めたんだったら、もう行くよ」ぼくは老人を急きたてた。「立ちあがって、歩いてみてくれ」

「ありがとう」かれはそう言って、立ちあがった。体が左右に揺れ、それから土埃の上に尻からすわった。

「おれは動物の世話をしていた」だるそうにかれは言った。けれどもうぼくに向かって言っているのではなかった。「おれはただ動物の世話をしていただけだ」

老人のためにできることは何もなかった。ちょうど復活祭の日で、ファシストたちはエブロ川に向かって前進してきていた。陰気な日で雲が厚く垂れこめていたため、飛行機は飛んでこなかった。そのことと、それに猫が自分の面倒は自分でみられるという事実が、老人の手にある幸運のすべてだった。

解説　〝ナダにましまする我らがナダよ〟

西崎　憲

ヘミングウェイの名前を知らない読書家というものを想像するのは難しい。それほどヘミングウェイの名は広く知られているし、アメリカでもっとも影響力のあった作家と形容しても異議を唱える者は多くないはずである。比肩する作家としてはわずかにフォークナーを数えるのみであろう（ポーやメルヴィルももちろん大きな作家であるが、影響力という点ではこのふたりに敵しないように思われる）。本書はそうした作家ヘミングウェイの数多い短篇のなかから十四篇を選んで収録した作品集である。

ここに収めた短篇のなかには文学史を通じて最上位にあると言われている作品がいくつかある。読者がそうした作品を気に入ると断言することはできないが、少なくとも読み終わった後に、自分が読んだものについて無性に語りたくなることだけは十分に保証できる。

さて、まずはその生涯を追ってみよう。

1　地誌的略伝

オークパーク　一八九九

一八九九年七月二十一日、二十世紀が指呼《しこ》の間に迫った頃、アメリカ中西部のイリノイ州の小さな町オークパークに住むヘミングウェイ夫妻に、第二子が誕生する。第二子は男児で、それが後にアメリカ文学に多くを寄与するアーネスト・ミラー・ヘミングウェイである。アメリカが時の大統領マッキンレーの号令の下、帝国主義に邁進《まいしん》していた頃である。

興味深いことにヘミングウェイが生まれたこの一八九九年という年は文学的にはきわめて豊穣な年で、ホルヘ・ルイス・ボルヘス、ウラジミール・ナボコフ、エリザベス・ボウエンなど、おそろしいほどの切れ味を持つ文章家がつぎつぎに呱々《ここ》の声をあげている。まさに大当たりの年だったのである。

オークパークはシカゴの西に位置する小さな町である。著名な建築家フランク・ロイド・ライトが二十年にわたって事務所を構えたことでも知られていて、写真などで見るといかにも郊外らしい穏やかな佇まいの町である。父クラレンスは外科の開業医で、自然のなかでの活動を好んだ。母のグレースは声楽を教えるかたわら作曲も手がけ、さらには家の設計までするといった知的な人物だった。ヘミングウェイ家のペースを作っていたのは能動的な母親のほうだったようである。グレースは幼いアーネストに姉のマーセリーンとお揃いの女児用の服を着せたりした。グレースのそうした育て方は後の研究者にジェンダーやセクシャリテイーに関するかっこうの話題を提供することになる。

地元の高校に進んだアーネストは学校新聞に記事を書き、文芸誌に小説を書く。最初の作品は十六歳の時に書いた「マニトウの審き」である。

一九一七年六月、アーネストは高校を卒業後『カンザス・シティー・スター』紙の見習い記者になり、カンザス・シティーに移り住む。しかし翌年五月にはその職を辞し、友人とふたりでアメリカ赤十字に参加し、傷病者運搬車の運転手の任務につくためにイタリアに出発する。けれども七月八日の夜、前線で砲弾の破片を浴びて負傷。第一次大戦で最初に負傷したアメリカ人になる。

十八歳のヘミングウェイはその年の残りをミラノの赤十字病院で過ごし、七歳上の看護婦のアグネス・フォン・クロウスキーと恋に落ちる。しかしふたりの仲は順調には進展しなかった。

一九一九年、ヘミングウェイは負傷のために赤十字の任務を解かれ、一月に船でニューヨークに帰還する。イタリアに発ってからまだ八箇月にもなっていなかった。

三月、オークパークに戻ったヘミングウェイの許にアグネスから手紙がきて、ふたりの関係は完全に終わる。言うまでもなく『武器よさらば』はこの時の経験がもとになっている。

一九二〇年、フリーランスで新聞の記事を書いていたヘミングウェイは、シカゴでハドリー・リチャードソンに会う。ふたりは手紙のやりとりをするようになる。一九二一年、二十二歳のヘミングウェイと二十九歳のハドリーは結婚。ふたりはシカゴに住む。

ハドリーと結婚したヘミングウェイは『トロント・スター』紙のヨーロッパ通信員の仕事を得る、シャーウッド・アンダーソンの、作家になるためにはパリに行くべきだという助言を受けてのことだった。ふたりは十二月二十日、冬のパリに着く。そして翌年の一月、カルディナル・ルモアーヌ通りにアパートを借りる。

パリ　一九二一

ヘミングウェイにとっての最良の時代とはこのパリ時代だったのではないだろうか。晩年の回想録『移動祝祭日』でパリは無限の郷愁をもって語られている。パリ時代のヘミングウェイは無名で貧しく野心的で、それゆえに詩性にあふれた存在だった。

パリの最初の二年ほどは本当に目眩くような日々だった。ヘミングウェイはコンスタンティノープルでギリシア・トルコ戦争を取材し、ローザンヌ和平会議を取材する。そして、パリ在住のアメリカ作家たちにサロン的な環境を作っていた前衛作家ガートルード・スタインの知遇を得る。そこを足がかりにヘミングウェイはさまざまな人物に会う。ジョイス、ピカソ、フィッツジェラルド、パウンド……。そして、冬には長い休暇を取り、スイスやオーストリアにスキーに出かけた。それは二十世紀の神話のような情景だった。

一九二二年の十二月二日にハドリーがリヨン駅でスーツケースを盗まれたことは特筆に値するだろう。スーツケースのなかにはヘミングウェイの短篇のほぼ全部、それに長篇の書きだし部分の原稿が収められていた。

自身のなかにスペインに対する愛情を見いだすのもこの頃である。ヘミングウェイは闘牛を、そしてパンプローナのサン・フェルミン祭（町に牛を放つ祭り）を生涯にわたって愛した。

創作に関してもこのパリ時代にすべてが実質的にはじまった。一九二三年夏に最初の本『三つのストーリーと十の詩』、翌年スケッチ集『われらの時代』（小文字表記である）、二五年には大幅に内容が刷新された大文字表記の『われらの時代』、そして『陽はまた昇る』（一九二六）、短篇集『女抜きの男たち』（一九二七）が出版されている。

ハドリーとの結婚生活は充実したものだった。給湯設備のないアパートに住んだりしたものの、一方では安価とは言えないミロの絵を購入したりしている。一九二三年にはハドリーが男児ジョンを出産。ジョンの愛称は「バンビ」だった。バンビの教母のひとりはスタインで、ヘミングウェイはハドリーが子供を産むことにはじめは反対だったようである。

ハドリーとの生活は一九二五年に地主の娘で『ヴォーグ』誌のファッション担当記者ポーリーン・ファイファーが現れた時から少しずつ変わってくる。翌年三月、ポーリーンの妹からふたりの関係を知らされたハドリーは、夫に直接問いただす。ヘミングウェイはポーリーンとの関係を告白する。九月、ふたりが百日間会わなくとも心変わりしなければという条件でハドリーは離婚に同意する。翌年、ヘミングウェイはハドリーと離婚。その四箇月後にポーリーンと結婚する。

キー・ウエスト　一九二八

キー・ウエストはフロリダ半島から南西に延びたキーズ諸島の西端にある島である。総面積が一九平方キロメートルというごく小さな島であるが、当時で一万を超える人口があった。夫妻にその島のことを教えたのはドス・パソスで、キー・ウエストのサイモントン通りにアパートを借りた時、ヘミングウェイは二十八歳だった。

この時代に出版された作品はまず一九二九年九月刊行の『武器よさらば』で、同作はその年の終わりまでに四万部以上の売上げを記録した。またパラマウントが映画化権を八万ドルで買いあげている。ほかには『午後の死』（一九三二）や短篇集『勝者は何も手にしない』（一九三三）などがある。

キー・ウエストがヘミングウェイに与えた環境は、パリが与えたものとはだいぶ違っていた。ヘミングウェイは朝早く起き、午後の二時まで仕事をし、それから泳ぎに出かけた。服装はプルオーヴァーシャツに半ズボン、それにサンダルかモカシンといったくだけたもので、泳いだ後は友人たちがたむろする「スロッピー・ジョーズ・バー」に向かった。

この地でヘミングウェイは多くの友人を得る。年上の「ブラー」ことソーンダーズ船長、密輪をやりながらバー「スロッピー・ジョーズ・バー」を経営していた「スロッピー・ジョー」ことジョー・ラッセル、キー・ウエストでの最初の友人で、サファリにも一緒に出かけた裕福なチャールズ・トンプソン。

しかし、もちろんいいことばかりではなかった。一九二八年十二月六日の出来事は記しておくべきだろう。ニューヨークでヘミングウェイはハドリーからバンビを預かる。フランスに母親と住んでいたバンビをキー・ウエストにつれて行くつもりだったのだ。列車がニュージャージーのトレントンに着いた時、ヘミングウェイはオークパークからの電報を受けとる。電報の文面は父親が死んだことを告げていた。ヘミングウェイは車掌に百ドルを渡して、バンビをキー・ウエストまで送るように頼み、シカゴ行きの列車に乗り換える。

父親は自殺だった。原因は鬱病だと言われている。ヘミングウェイ家には鬱病がとりついていたのかもしれない。後に妹のアーシュラとレスターも鬱病のため自殺しているし、ヘミングウェイ自身すでに三十代半ばには鬱と不眠症に苦しみ、自殺を仄めかしている。

ポーリーンの叔父オーガスタス（ガス）・ファイファーについても少し説明しておくべきだろう。ガス叔父は桁外れの富豪だった。かれはポーリーンを自分の子供のようにかわいがり、キー・ウエストのスペイン植民地風の家の購入費を出したり、サファリの費用を出したりした。そうした援助をヘミングウェイは受けいれはしたが、そのことは間違いなく負い目になったはずである。

サファリと釣りにも一言あってしかるべきだろう。一九三三年のサファリはヘミングウェイに大きな印象を残した。二箇月におよぶサファリ行の途中で赤痢にかかるが、治った後、ふたたび合流している。

ヘミングウェイはキー・ウエストで海釣りに開眼する。「ピラール号」と名付けたクルーザーも購入している。それが完成した時には自ら操ってマイアミからキー・ウエストまで運んでいる。

しかしサファリやマーリン釣りが一九二九年のブラック・サーズデーからはじまった大不況下の人々から反感を買ったことは記しておくべきだろう。

キー・ウエスト、そしてポーリーンとの別れは一九三六年に端を発している。その年の暮れ、スロッピー・ジョーの店でヘミングウェイははじめて三番目の妻になるマーサ・ゲルホーンに会っている。

フィンカ・ビヒア　一九三九

「フィンカ・ビヒア」とはキューバの首都ハバナの近郊にある広い敷地を持つ家の名である。「望楼園」とでも訳すべきだろうか。

この家を借りたのはマーサだった。ふたりで住みはじめたのは一九三九年で、ヘミングウェイが購入したのがつぎの年の十二月、ポーリーンと離婚した翌月のことだった。ヘミングウェイはこの時、四十歳である。

フィンカ・ビヒア時代の代表的な作品と言えば『誰がために鐘は鳴る』（一九四〇）になるだろう。パラマウントが十万ドルで買い取っている。ほかには『川を渡って木立のなかへ』（一九五〇）と『老人と海』（一九五二）である。後者には一九五三年にピューリッツァー賞が贈られている。また一九五四年の十月にはノーベル賞を受賞している。

三番目の妻マーサ・ゲルホーンは作家で、ヘミングウェイと会った時、すでに二冊の著作があった。彼女は内にジャーナリスト的野心と行動力を秘めていた。マーサはまるで戦いの女神のようにヘミングウェイの前に現れた。

ふたりが会った一九三六年はスペイン内戦がはじまった年で、ともにスペイン内戦を取材したことが、ふたりの関係を密にした。ふたりが一緒に住みはじめたのは、第二次世界大戦が勃発した年だった。

スペイン内戦との関わりを詳述する紙数はないが、愛するスペインの内戦は敵味方すら判然としない複雑な戦争だった。共和政府側の立場でヘミングウェイは映画『スペインの大地』を製作して、自らナレーターまで務めている。

マーサは第二次世界大戦の取材に関しても精力的に取り組んだ。マーサのジャーナリスト精神は並々ならぬもので、オマハ・ビーチに向かう病院船に潜りこんで不正規に上陸したり、やはり許可なしにイタリアの前線を訪れたりしている。

そしてヘミングウェイ自身もしだいに深く戦争に関わっていく。一九四四年にはマーサと同様に『コリアーズ』誌と戦線取材の契約を交わし、ノルマンディー上陸に立ち会い、英国空軍の飛行機に同乗している。きわめつけは八月にフランスの非正規軍の兵士たちとともに、パリでドイツ軍を掃討したことだろう。その際にはかつて世話になったシルヴィア・ビーチの営むシェイクスピア書店をドイツ軍から「解放」している。

マーサと離婚の準備をはじめたのは、大戦が終結した一九四五年三月で、四番目の妻メアリー・ウェルシュが、ハバナに到着したのは同年の五月である。マーサが戦争との関連で語られるとすれば、最後の妻メアリーは戦争からの解放ということで語られるかもしれない。

四番目の妻であるメアリー・ウェルシュと会ったのは取材で訪れたロンドンのソーホーにあるレストランだった。『タイム』誌の記者だったメアリーはその時アーウィン・ショーと昼食をとっていた。

そして大戦が終わった時――外面的な戦いが終わった時、ヘミングウェイを待っていたのは内面的な戦いだった。『老人と海』の成功やノーベル賞の受賞はあったものの、創作は全体としては低調になっていた。批評も厳しいものが多くなっていた。また度重なる怪我や無理がたたってか、体調は年とともに悪くなる一方だった。

それにしても、ヘミングウェイが一生のあいだに遭った事故や負った怪我の数は尋常ではなかった。ある時は酩酊してトイレで引っ張る紐を間違え、天窓を頭に直撃させ、ある時は船に引き揚げた鮫を二二口径で撃とうとして自分の脚を撃ち、ある時は飛行機事故に遭った翌日に乗り換えた飛行機がまたもや不調で火を吹いたこともあった。ヘミングウェイはその時には頭でコックピットのガラスを割って脱出している。

一九五五年にアイダホ州のケッチャムに家を借りようと思ったのは、いったいどういう心境だったのだろうか。アメリカ人ヘミングウェイは終生アメリカ的な環境に住むことを嫌っていたようにも見える。それは老いた人間が生まれ育った場所に戻ろうとする心理で説明できることなのだろうか。アイダホ州の山間の町ケッチャムはオークパークにはあまり似ていない。

ケッチャム　一九五九

最後の地ケッチャムに家に買ったのは一九五九年で、ヘミングウェイは五十九歳になっていた。

翌年一九六〇年の十一月、ヘミングウェイはミネソタ州のロチェスターにあるメイヨ診療所に偽名で入院する。高血圧、肝臓肥大、偏執病および抑鬱症と診断され、十二月に電気ショック療法を受ける。翌年一月、同病院を退院してケッチャムの家に戻る。

四月に入ってから二度銃で自殺しようとして止められる。メイヨ診療所にふたたび入院。電気ショック療法を受ける。そして同月の二十六日退院。

しかし自宅に戻ってしばらく経った七月二日の朝の七時半、ヘミングウェイは散弾銃を自分に向けて銃爪《ひきがね》を引く。ヘミングウェイはついに目的を遂げたのである。

2　ヘミングウェイ的諸問題

小説の作品と作者が混同されるのは珍しいことではない。だがヘミングウェイの場合、その程度は他の作家に比して著しく高いようである。

体験を明瞭な形で小説に利用することが多かったので、そのせいもあると思われるが、混同に関してはヘミングウェイ自身がそうし向けたという面もあるだろう。

自身が新聞記者だったためか、ヘミングウェイは広報《パブリシティー》ということに敏感だったし、意図的であれ、偶発的なものであれ、目の前に現れたものは何でも利用しようとしたふしがある。ヘミングウェイと『エスクァイア』は連携してある種の文化的記号、メディア的記号を世に送りだしたが、それはもちろん意図してのことだった。

ただ作品と作者の混同ということは、あらためて考えてみると、そちらのほうが常態だと言うこともできる。何しろ雑誌や新聞の記事と違って、小説は記名が当たり前なのだ。分離しろというほうが無理なのかもしれない。名前があるだけで何が違うのかと思われるかもしれないが、作者名が男である場合と女である場合、明らかに読み手の意識は変わってくるだろう。読者の印象というものはごく小さなことで左右されるものなのだ。

作者と作品の同一視が原因でヘミングウェイに貼られたレッテルに「男性主義《マチズム》」がある。以前ほどではないかもしれないが、相変わらずヘミングウェイ＝マチズムという図式は、多くの人間の頭にこびりついているようである。題材に戦争、ボクシング、闘牛、釣りと男性的なものが多く、ヘミングウェイ自身が意図的にMen Without Womenのようなタイトルを短篇集につけるくらいなので、それも無理はないだろうが、マチズムの強調によって生じた食わず嫌いの読者は少なくないだろう。しかし、マチズムについては後段で触れよう。

ヘミングウェイはほかにもレッテルの多い作家である。マチズムと並んで目立つのは「ロスト・ジェネレーション」だろうか。ヘミングウェイやフィッツジェラルドらの世代（「ジャズ・エイジ」とも称される）を指す言葉であるが、この語をはじめて用いたのはガートルード・スタインである。スタインは修理工場で、そこの社長が若い修理工を指して言った“une génération perdue”（だめな世代）という語を承けて、ヘミングウェイの世代の人々を

“a lost generation”だと断じたのである。

つぎに人口に膾炙しているレッテルは「パパ」「コード・ヒーロー（原則を有する主人公）」だろう。前者はヘミングウェイ自身がチャールズ・トンプソン宛の手紙で自分を指して使ってから広まり、後者は研究者のフィリップ・ヤングが著書『アーネスト・ヘミングウェイ——再考』（一九六六）で用いて、それからほかに広がった。

レッテルとは言えないかもしれないが、ヘミングウェイの小説理論としてかならず言及されるのがいわゆる「氷山の理論」である。氷山の理論についてヘミングウェイは『午後の死』や一九五八年の『パリス・レヴュー』などで何度か言及している。そのふたつで主張していることをまとめると以下のようになるだろうか。「書き手が熟知していることだったら、省略しても構わない。氷山の水面上に現れた部分、つまり八分の一を精密に書けば読者は残りの部分についても書かれているような感覚を持つはずだし、その省略は作品に力を与えてくれる。しかし自分が書いているものについて知らないという理由で省略してはならない。それをした場合、そこに残るのは空虚だけだ」。ヘミングウェイが言っているのはただ単に八分の七を省略すべきだということではないだろう。つまりは自分が書くものについてはよく知っておけ、ということのようである。

レッテルに関して結論を言えば、すでに貼ってあるものを剝がすのは容易ではないので、実際問題としては、レッテルが真であるか偽であるかを考えつつ、ひとまとめに享受するしかないだろう。

3 作品

「清潔で明るい場所」はジョイスが「完璧」の語をもって賞賛した作品である。この作品には虚無があり、ユーモアがある。普通に考えればそれは両立しないものだろう。しかし両立したことによって、文学的永久機関のような場が生まれた。このカフェの空間や年上のウエイターの不眠症は、読者が読み終わっても消えることはない。それは読者から離れても独立して在りつづけるだろう。作中にいきなり現れる「無《ナダ》」のくだりは「主の祈り」と「天使祝詞」を基にしていると言われている。

「白い象のような山並み」は快い作品でもないし、愛玩するような作品ではない。むしろ読んだ後に残るのは漠然とした不快感だろう。しかし、この作品がデフォー以来世界中で書かれた短篇小説のなかで屈指のものであることに疑いをさしはさむ余地はない。

「殺し屋」のふたりの殺し屋は終始軽口を叩いている。それが状況の異常さに拍車をかけている。この作品以前と以後でアメリカの小説の文体は少し変わってしまったかもしれない。それほど重要な作品である。殺し屋たちの口にすることは冗談とも本気ともつかぬもので、真偽を確実に判断することはできない。そしてそれは作品全体を通じて言えることでもある。ヘミングウェイにおいては地の部分も会話部分も、表面的な意味だけ受けとってすますことはできないのだ。またヘミングウェイは「移動」に執した作家であるが、同時にオール・アンダーソンの行き場のなさも描いた。舞台となっている時代は禁酒法が施行されている時代である。

「贈り物のカナリア」には耳が聴こえないアメリカ婦人が登場する。婦人は自分には聴こえないのになぜカナリアの声が美しいことを強調するのか。ヘミングウェイの作品には小さな謎が少なくない。

「あるおかまの母親」「敗れざる者」は主人公がどちらも闘牛士である。後者は一見マチズムの典型のような作品に見える。しかし、われわれは何度も牛を殺すことに失敗する主人公を男性的意志の表徴として崇拝すべきだろうか。なりふり構わず自分の意志を押し通したことで。

そういう見方もあるだろう。しかしまったく逆の見方も存在するはずだ。ヘミングウェイの筆致はけっしてマヌエルをただ賛美しているようには見えない。ここに書かれているのはじつは反マチズムであり、弱さなのではないだろうか。強さを語ることはそのまま弱さについて語ることであるという事実を、われわれはここに読み取るべきではないだろうか。

さらに言えば「敗れざる男」のマヌエルと「白い象のような山並み」の男は自己の執着に関して言うと、まったく瓜ふたつである。しかし、読者はおそらくマヌエルに敬意を払ったとしても「白い象」の男にはそうしないだろう。それに「白い象」の若い女の、苦境にあっても毅然としていようとする態度にもまた誇りが感じられる。その誇りは男たちの誇りとはどう違うのだろう。

「敗れざる者」はたしかに男の（人間の）誇り、勇気といったものを扱っている。ヘミングウェイにはほかにも『老人と海』「フランシス・マカンバーの短く幸福な生涯」など、同じ主題を扱っていると見える作品がある。しかしヘミングウェイは人間のなかに誇りや勇気が存在するということに確信を抱いていたわけではない。むしろ確信がないからこそ繰り返し主題に取りあげたのではないだろうか。もしかしたら何度も戦場に赴いたのも、確信のなさゆえだったのかもしれない。

やはり闘牛士が主人公である「あるおかまの母親」は興味深い。ここに現れる同性愛者の闘牛士パコも頑固で人の言葉に耳を傾けない。しかし、「敗れざる男」で読後に残るのは、哀感のようなものであるが、こちらは残るのはある種の痛快さである。ヘミングウェイはこの作品で「意思の堅固さ」をひとまず価値体系から切り離して笑いとばしているようにも見える。この作品を読むとヘミングウェイのシリアスな長篇が、じつは壮大な冗談なのではないかという気がしてくる。

「密告」はスペイン内戦が舞台である。内戦の割り切れなさを反映してか、重苦しい雰囲気の作品になっている。

「この身を横たえて」の不眠症の描写は凄絶である。これは実際に経験しなければ書けない種類のことではないだろうか。

「この世の光」「神よ、男たちを愉快に憩わせたまえ」「スイスへの敬意」の魅力は捉えがたい。これらは小さなエピソードの連続で一見ストーリーもなければ主題もないように見える。しかしそれゆえにまるでミニマリズムの作品のように読める。もちろんそれは順番が逆である。ヘミングウェイがミニマリズムに影響を与えたのである。ヘミングウェイは物語の作者であると同時に、二十世紀後半の物語解体以後の作家でもあるようだ。「この世の光」に登場するボクサーの名はコックの言う「スタンリー・ケッチェル」が正しい。「雨のなかの猫」は小さな作品である。最後の猫が最初に見た猫と同じ猫かどうかの議論は楽しいものになるだろう。

「キリマンジャロの雪」のエピグラフは世界でもっとも有名なものではないだろうか。ヘミングウェイの書いた短篇の最高傑作としてこの作品をあげる者も多い。

「橋のたもとの老人」もまたごく短い作品である。散文詩と言ってもいいだろう。

ヘミングウェイの描く世界に「価値」はない。しかし、人は価値のない世界では生きてはいけない。だから、何とか探そうとする。価値とはカフェの光だったり、キリマンジャロの白く眩《まばゆ》い頂だったり、巨大な売春婦の美しい声だったりする。「橋のたもとの老人」で描かれた動物たちもまたこの世界の価値を体現している。そしてそれすらも失くしてしまった時、われわれには何が残されているのだろう。

4　「移動」

冒頭で述べたように、ヘミングウェイは読後に作品について無性に語りたくなる作家である。一方、読後に沈黙したくなる作家もいる。ハーマン・メルヴィルなどはそういう作家だろう。おそらくその差は呈示しているものの差である。

端的に言えば、メルヴィルがまず語るのは個人ではなく、個人という形で現出した「人間」だった。メルヴィルは人間の存在について語ったのである。一方、ヘミングウェイはあくまで個人について語った。それがヘミングウェイである自分を通して、あなたやわたしについて語った。つまりヘミングウェイを読んだ後、語りたくなる理由であろう。もちろんそれは優劣の問題ではない。資質の違いである。

ヘミングウェイに資質が近い作家はすぐには思い浮かばないが、ディケンズやシェイクスピアはそう遠くないかもしれない。そのふたりもまた、作品について語りたくなる修辞家である。また作品について語りたくなる、というのはポピュラリティーを得る資格があるということでもある。ヘミングウェイが広く長く読み継がれるのは、しごく当然のことなのである。

ここに収めた十五の短篇には三つの駅と四つのカフェと多くの場所が現れる。駅やカフェが示すのは「移動」ないしは「過程」である。ヘミングウェイは移動を好んだ。そして移動しながら、移動しないものについて書いた。われわれはその移動を追いながら光のなかに浮かびあがったものを見る。あるいは光自体の質をみる。そしてヘミングウェイと同様、移動しないものにじっと目を凝らす。そのような体験を与えてくれる作家はもちろんそう多くはない。

本書の訳にとりかかってからすでに二年半が経過してしまった。いつもながら辛抱強く待って下さった編集部の磯部知子氏と筑摩書房には感謝を捧げたい。先行訳は可能なかぎり目を通した。とりわけ高見浩氏の訳と解説には大きな恩恵を受けた。記して謝辞に代えたい。収録作を選ぶ際に念頭にあったのは、新しい全体像を呈示することだった。そのため近年再評価著しい小品が多くなった。それらの現代的価値はここで喋々するまでもないだろう。略伝部分はチャールズ・M・オリヴァー氏の〝Ernest Hemingway A to Z〟の年譜を基本に、複数の評伝を参考にした。底本にはサイモン&シュスター社のペーパーバック版を使用した。この短篇集によってヘミングウェイに興味を持つ読者が増えることを願って筆を置きたく思う。

本書は、ちくま文庫のためのオリジナル編集である。

今日の人権意識に照らして不当・不適切と思われる表現については、作品の時代的背景と文学的価値とにかんがみ、そのままとした。

ちくま文庫

ヘミングウェイ短篇集《たんぺんしゅう》

二〇一〇年三月 十 日 第 一 刷発行
二〇二五年七月二十五日 第十一刷発行

編訳者 西崎憲（にしざき・けん）
発行者 増田健史
発行所 株式会社 筑摩書房
東京都台東区蔵前二―五―三 〒一一一―八七五五
電話番号 〇三―五六八七―二六〇一（代表）
装幀者 安野光雅
印刷所 星野精版印刷株式会社
製本所 株式会社積信堂

ISBN978-4-480-42684-0 C0197